SÄTTEL & SCHLEIFEN

LENOX RANCH COWBOYS - BUCH 5

VANESSA VALE

HOLEN SIE SICH IHR KOSTENLOSES BUCH!

Tragen Sie sich in meine E-Mail Liste ein, um als erstes von Neuerscheinungen, kostenlosen Büchern, Sonderpreisen und anderen Zugaben zu erfahren.

kostenlosecowboyromantik.com

Copyright © 2015 von Vanessa Vale

Dies ist ein Werk der Fiktion. Namen, Charaktere, Orte und Ereignisse sind Produkte der Fantasie der Autorin und werden fiktiv verwendet. Jegliche Ähnlichkeit mit tatsächlichen Personen, lebendig oder tot, Geschäften, Firmen, Ereignissen oder Orten sind absolut zufällig.

Alle Rechte vorbehalten.

Kein Teil dieses Buches darf in irgendeiner Form oder auf elektronische oder mechanische Art reproduziert werden, einschließlich Informationsspeichern und Datenabfragesystemen, ohne die schriftliche Erlaubnis der Autorin, bis auf den Gebrauch kurzer Zitate für eine Buchbesprechung.

Umschlaggestaltung: Bridger Media

Umschlaggrafik: Wander Aguiar Photography; Deposit Photos: kyslynskyy

Dieses Buch wurde bereits unter dem Titel Lily veröffentlicht.

1

$\mathcal{J}$ACK

Ich hatte noch nie zuvor eine Frau gesehen, die mitten auf einer Durchgangsstraße stehen blieb, vor allem nicht auf einer, die so geschäftig war wie Buttes Granite Street. Sie war ein kleines Ding, aber hatte wunderbar runde Kurven. Ihr züchtiges Kleid konnte ihre vollen Brüste, schmale Taille und runden Hüften allerdings nicht verbergen. Die grüne Farbe des Stoffes ließ ihre roten Haare im Sonnenschein leuchten. Sie waren auffallend, fast schon blendend in ihrer Farbe, obwohl sie zu einem ordentlichen Knoten in ihrem Nacken frisiert waren. Ihr Mund war zu einem O geöffnet und sofort fragte ich mich, wie sich diese rosigen Lippen wohl um meinen Schwanz gedehnt anfühlen würden. Ich hatte all das in den wenigen Sekunden, während derer ich sie angestarrt hatte, an ihr bemerkt. In Zeiten wie diesen zahlte es sich aus, Detektiv zu sein. Als mein Verstand zurückkehrte – mehr schlecht als recht, da jegliches Blut von meinem Kopf direkt in meinen Schwanz geflossen war – fragte ich mich, ob sie noch ganz richtig im Kopf war. Vielleicht versuchte sie, sich umzubringen, aber dann wurde mir bewusst, dass sie mich anstarrte. *Mich!* Warum würde diese umwerfende Frau mich anstarren?

Ich war erst seit ein paar Stunden in der Stadt und ich hätte sie verpassen können. Hätte das sofort einsetzende Begehren, die sofort vorhandene Verbindung verpassen können. Als ich die Vorladung per Telegramm erhalten hatte, hatte ich mein Pferd so stark angetrieben, wie ich es gewagt hatte, sodass ich gerade rechtzeitig für mein Treffen mit dem Oberstleutnant und den Kupferkönigen angekommen war, aber nicht früh genug, um mich noch irgendwie präsentabel herzurichten. Diese Männer warteten nicht, nicht darauf, dass ich mich badete und rasierte. Falls ich eine übertrieben starke Ausdünstung gehabt hatte und damit ihre empfindlichen Nasen gestört hatte, dann war das eben ihr verdammtes Problem gewesen. Ich hatte ihnen zugehört, während sie mir meinen nächsten Auftrag – eine irrsinnige Aufgabe, die mich sicherlich an den Galgen bringen würde – geschildert hatten und ich hatte hart für die Bedingungen, die ich wollte, verhandelt, bevor eine Runde Händeschütteln die Vereinbarung beschlossen hatte. Zurück auf der Straße hatten Frauen einen großen Bogen um mich gemacht, während ich mich auf den Weg zur nächsten Badeanstalt gemacht hatte. Seitdem hatte ich den Dreck von mir gewaschen und mich von dem einwöchigen Bart befreit, sodass ich nicht mehr wie ein Bergarbeiter aussah, der sich in der Wildnis verirrt hatte. Glücklicherweise sah ich mit einem neuen Haarschnitt und frischen Klamotten gar nicht mal so übel aus.

Daher lag der geistige Aussetzer dieser Frau, die stocksteif mitten auf der Straße stand, nicht an meiner furchteinflößenden Erscheinung. Der Grund war nicht von Bedeutung, denn sie würde sterben. Die verdammte Postkutsche rollte direkt auf sie zu und sie starrte mich an. Sah der Kutscher die hinreißende Frau etwa nicht? Zur Hölle, ich hatte sie gesehen. Ich hatte sie sogar *gespürt* und meinen Kopf umgedreht. Es war wie ein Schlag in die Magengrube während eines Saloonkampfes gewesen, das Gefühl, ihr zum ersten Mal in die Augen zu schauen.

Ich schwöre, ich erlitt fast einen Herzinfarkt, als ich sah, dass sich die Kutsche näherte. Deren Geräusche, die Pferdehufe, das Knarzen und Ächzen des schweren Holzes, glich einem Donnergrollen. Ich dachte nicht nach, sondern sprang über einen Wassertrog und rannte auf die Straße, riss sie in meine Arme und rannte weiter. Als ich den Gehweg erreichte, stoppte ich und stellte sie vor mir auf den Boden, aber gab sie nicht frei. Ich genoss das weiche Gefühl ihrer vollen Brüste an meiner Brust, insbesondere wie sie sich gegen mich pressten, während sie versuchte, wieder zu Atem zu kommen. Ihre Hände umklammerten meine Bizepse und mussten mich erst noch loslassen. Lange Strähnen ihres Haares wurden von der leichten Brise hochgewirbelt und ich atmete einen Duft nach Blumen ein.

„Ma'am, geht es Ihnen gut?", fragte ich gegen ihren Scheitel sprechend. Mein Herz hämmerte mir in der Brust und sie konnte es bestimmt hören. Sie musste erst noch ihren Kopf anheben und deswegen konnte ich den Duft nach Wildblumen und Sonnenschein riechen, der von ihren seidigen Haaren aufstieg.

Sie versteifte sich in meinen Armen. „Ich bin keine Ma'am", entgegnete sie, wobei ihre Stimme sehr melodisch klang, aber einen *sehr* scharfen Unterton hatte.

Ich schob sie von mir weg und bückte mich, sodass ich ihr in die Augen blicken konnte. Jep, Faustschlag in die Magengrube. Sie waren so grün wie Smaragde, dennoch voller Feuer.

„Ich bitte um Verzeihung", erwiderte ich, während ich die Ansammlung Sommersprossen auf ihrer Stupsnase bewunderte. „Ich dachte, ich hätte gerade eine Dame vor einer fahrenden Kutsche gerettet."

Sie schürzte ihre vollen Lippen und ich fragte mich, wie weich sie sich wohl anfühlen würden, wenn ich sie küsste.

„Ich mag es nicht, wenn man mich so nennt."

Sie war ein kratzbürstiges kleines Ding. Anstatt mir dafür zu danken, dass ich sie vor dem sicheren Tod bewahrt hatte, regte sie sich darüber auf, dass sie Ma'am genannt wurde. Anstatt vor Schreck in Tränen auszubrechen, schnaubte sie und strich ihre Haare nach hinten. Faszinierend.

„Dessen bin ich mir jetzt nur allzu bewusst und werde deshalb in Zukunft umsichtiger sein."

Aus irgendeinem Grund wusste ich, dass sie mir, würde ich über ihr merkwürdiges Verhalten lächeln, wahrscheinlich mit ihrem Korb eins überbraten würde.

Ich *sollte* ihre weichen Schultern loslassen. Ich *sollte* mir an den Hut tippen und mich auf den Weg machen. Aber Fuck, nein. Diese Frau mit dem kratzbürstigen Verhalten hatte mich verzaubert. Und erregt. Ich stand am Rand von Buttes Hauptstraße und hatte einen Ständer. Ich würde sagen, das war ein erstes Mal für mich.

„Ma'am, sind Sie verletzt?" Ein gedrungener Mann mit einem Schnauzbart wischte seine Hand an einer blutbeschmierten Schürze ab. Er war ein Metzger, worauf man leicht schließen konnte, weil wir direkt vor einem Laden mit kopflosen Hühnern im Schaufenster standen.

Ihre Finger gruben sich in meine Bizepse und ich sah, wie sich ihre Augen verengten, aber sie lächelte ein wenig zu strahlend zu ihm hoch. Offensichtlich sollte er sie auch nicht Ma'am nennen.

„Ihr geht's ziemlich gut", erklärte ich ihm. „Nicht wahr, Miss...?"

„Lenox", antwortete sie mit angespannter Stimme. Sie ließ ihre Hände kurz darauf an ihre Seiten fallen, wahrscheinlich weil sie bemerkt hatte, dass sie mich auf eine Weise berührte – die mir äußerst gut gefiel – die leicht ungebührlich für zwei Fremde war. Nichtsdestotrotz weigerte ich mich, sie loszulassen.

„Würden Sie gerne in den Laden kommen und sich für eine Minute im Schatten ausruhen?"

Der Mann war ein Gentleman und ich wollte ihm das Gesicht einschlagen.

„Nein, Danke, Mr. Brainerd. Mir geht es ganz gut."

Ich war eifersüchtig, verdammt eifersüchtig auf einen Metzger, da er diese Frau kannte und ich nicht. Ich würde das noch in diesem Moment ändern.

„Ich werde mich um sie kümmern", erklärte ich dem Mann.

„Sind Sie sich sicher?", wiederholte er, wobei er mich gründlicher musterte als Miss Lenox. Es war eindeutig, dass er sie gut kannte und sich um ihr Wohlbefinden sorgte. Ich war dankbar, jetzt mehr als jemals zuvor, dass ich mich direkt nach meinem Treffen herausgeputzt hatte. Mein neuer Anzug, Krawatte und Hut verliehen mir den Anschein eines Kupferkönigs, obwohl ich nur ein einfacher Pinkerton Detektiv war.

„Ja, Dankeschön, Mr. Brainerd."

Der Metzger nickte und kehrte in seinen Laden zurück. Die wenigen Fußgänger, die angehalten hatten, um Miss Lenox haarscharfe Flucht zu beobachten, gingen weiter.

Sie versuchte, sich aus meinem Griff zu winden, aber ich ließ es nicht zu. Ich hatte sie in meinen Händen und ich würde nicht loslassen.

„Ich kann mich um mich selbst *kümmern*, vielen Dank", erwiderte sie steif.

„Mmh, ja, das habe ich nur allzu gut *gesehen*." Ich war mir nicht sicher warum, aber ich musste weitersprechen: „Achten Sie darauf, dass Sie das nächste Mal in beide Richtungen schauen."

Sie spannte sich bei meinem gezielten Seitenhieb an, dann hob sie ihren Kopf und sah mir ein weiteres Mal in die Augen. „Ich war abgelenkt."

Von mir. Der heiße Schauer Begeisterung, der mich bei diesem Wissen durchschoss, fühlte sich...gut an. Natürlich keine Begeisterung darüber, dass sie fast von vier Pferden und einer rollenden Kutsche überfahren worden war, aber das war das erste Mal in sehr langer Zeit, dass ich wirklich etwas fühlte. Ich hatte jahrelang die schlimmsten Menschen aufgespürt und ich kam selten in Kontakt mit jemandem wie ihr. Sie war...wertvoll und wegen mir wäre sie fast getötet worden.

Vielleicht lag es an all den Tagen im Sattel oder den Monaten des Alleinseins, dass ich von dieser scharfzüngigen Frau fasziniert war. Ich hatte viele hübsche Frauen von einer Seite des Landes bis zur anderen gesehen, die sich entweder als vollkommen dämlich oder als Harpyie mit Haaren auf den Zähnen entpuppt hatten. Miss Lenox war kratzbürstig, aber sie war keines von den anderen beiden Dingen. Allerdings ließ mich die Tatsache, dass sie bei meinem Anblick mitten auf der Straße angehalten hatte, doch an ihrer Klugheit zweifeln. Während ich zwar den

Anschein eines gut situierten Geschäftsmannes machte, war ich alles andere als das. Ich jagte Verbrecher, weshalb ich von der Schattenseite der Gesellschaft abgestumpft und hart geworden war. Zur Hölle, das Treffen, das ich gerade mit dem Oberstleutnant und den Kupferkönigen, Zeitungs- und Eisenbahneigentümern gehabt hatte, war nur der Anfang meines neuesten Auftrages gewesen. Bert Benson, Bankräuber und Mörder, aufzuspüren, war nichts Ungewöhnliches; mich dafür undercover loszuschicken, war es allerdings.

Noch während ich neben Miss Lenox stand, wurde eine Geschichte über mich geschrieben, eine frei erfundene Geschichte, die mich als einen rücksichtslosen Gesetzesbrecher darstellte. Es war nur eine Frage von Tagen, bevor diese gedruckt und als die Wahrheit verbreitet werden würde. Ich sollte sie mit einem Heben meines Hutes und einem weiteren Ma'am, nur um sie zu verärgern, weiterziehen lassen, aber ich konnte nicht.

„Abgelenkt von etwas Besonderem?"

Ich genoss es zu beobachten, wie eine intensive schamhafte Röte ihre Wangen hochkroch, auch wenn ich mir wünschte, dass sie mir weiterhin in die Augen geschaut hätte, anstatt über meine Schulter zu blicken.

„Ich sah etwas, das mich interessiert hat." Sie reckte ihr Kinn, als wäre das alles, was sie mitzuteilen hätte.

„Sagen Sie mir, Schatz, was war so *besonders*, dass Sie sich deswegen hätten überfahren lassen?"

Ihre Augen weiteten sich bei der Verwendung des Kosenamens, aber sie ignorierte es und befeuchtete ihre Unterlippe. Diese verflixte Frau! Wusste sie, was mir diese simple Geste antat? Ich war ein abgeklärter Detektiv. Ich hatte den Krieg gesehen und begegnete allen möglichen Bösartigkeiten und Verderbtheit, ohne mit der Wimper zu zucken. Aber eine Bewegung ihrer feuchten Zunge und sie zwang mich fast in die Knie.

„Guten Tag", entgegnete sie und begann sich abzuwenden. Guten Tag? Sie dachte, sie könnte das hier so einfach beenden?

„Oh, nein, das tun Sie nicht." Ich packte sie am Ellbogen, trat neben sie und führte sie den Gehweg hinab. Obwohl sie mich willig begleitete, tat sie das mehr aus Überraschung denn aus Eifer. Ich hatte sie provoziert und während ihr zwar nichts so schnell Angst zu machen schien – bei wem würde das schon so sein, wenn er dem Tod in den Straßen von Butte von der Schippe gesprungen war? – so machte ich sie doch nervös. *Gut.* Sie brauchte etwas Nervosität in ihrem Leben. Mich.

Und ich musste sie so lang wie möglich bei mir behalten, denn ich war seit, nun, noch nie so...fasziniert gewesen. Es war, als wäre ich derjenige, der mitten auf der Straße angehalten hatte, und ich wollte, dass ich weiterhin so empfand. Ich wollte mit ihr zusammen sein. Das war seltsam. Tatsächlich verrückt. Vielleicht war ich zu lange allein gewesen, aber dieses Gefühl...ich brauchte sie. Nicht eine Hure aus dem Saloon. Sie. Auch wenn ich ihr die Steifheit gerne direkt aus dem Körper ficken wollte, wollte ich auch wissen, warum sie ihr Kinn in einem solch steifen Winkel hielt, warum sie Tintenflecken an den Fingern ihrer rechten Hand hatte. Ich wollte wissen, warum sie einen kleinen Blutfleck an ihrem Ärmelaufschlag hatte. Warum hatte sie drei Scheren in ihrem Korb? Der Detektiv in mir bemerkte all das in den wenigen Minuten, in denen sie vor mir stand, aber der Mann in mir wollte ganz andere Dinge über sie in Erfahrung bringen; die Farbe ihrer Nippel. Zur Hölle, die Farbe der Haare, die ihre Pussy schützten. Waren sie so rot wie auf ihrem hübschen kleinen Kopf?

Ich wollte auch wissen, ob sie genauso empfand wie ich, als hätte sich mein Leben unwiderruflich verändert. Ich musste zwar Benson hinterher jagen, das war mein Job, aber ich musste auch diese Frau zu der Meinen machen. Der Oberstleutnant hatte mir zwei Tage zum Ausruhen, Rasieren, Baden, sogar zum Ficken einer oder zweier Huren – sein exakter Wortlaut – gegeben, bevor ich Bensons Spur folgen sollte. Zwei Tage mit Miss Lenox. Ich würde sie nicht gehen lassen.

„Ich werde Sie nach Hause bringen." Mehr als das. Ich würde sie zu der Meinen machen.

„Ich kann – "

„Sie können sich um sich selbst kümmern. Ich weiß."
Daraufhin lächelte ich und genoss es zu beobachten, wie sich ihre Lippen leicht verärgert zusammenpressten. Ja, sie musste ein bisschen aufgerüttelt werden und ich würde es genießen, jeden einzelnen ihrer Gesichtsausdrücke dabei zu beobachten und kennenzulernen. Wenn Aufrütteln bedeutete, mein Hotelbett zum Wackeln zu bringen, während ich diese prüde Haltung direkt aus ihr fickte, dann war das in Ordnung für mich. Ich schnitt eine Grimasse, da meine Hose jetzt ein wenig eng wurde. Ich musste leider davon ausgehen, dass die steife Miss bezüglich meiner verdorbenen Gedanken nicht ganz so entgegenkommend sein würde. Ich würde allerdings keine dieser Vorstellungen ausleben, solange sie nicht meinen Ring am Finger hatte. Also hatte ich noch einiges zu tun.

Ich würde mich nicht wie einer der notgeilen, grobschlächtigen Bergarbeiter verhalten, an denen wir am Gehweg vorübergingen und die nur auf einen schnellen Fick aus waren. Ich würde derjenige sein, der ihr das Ficken beibrachte. Ich würde derjenige sein, der den überraschten Ausdruck sehen würde, wenn das erste Vergnügen sie überrollte. Ich würde derjenige sein, der ihr dieses *verschaffte*, aber ich würde kein Mistkerl sein und ihr diesen Moment stehlen. Wir würden ihn uns teilen und ich würde ihn schützen, würde sie schützen. *Mein.*

Die Art, wie sie ihre Lippen bei meinen Worten schürzte, war allein für mich. Diese leichte Wölbung ihrer kastanienbraunen Augenbraue war ein überheblicher Blick nur für mich. Vielleicht hatte er geringere Männer niedergerungen. Mich machte er nur begierig, mehr zu sehen. Ich hatte diese Reaktion hervorgerufen und ich erfreute mich daran. Fuck. Diese kleine Miss hatte mich ruiniert!

Warum sie? Warum dieses kleine Persönchen mit wilden Haaren, einem ebenso wilden Gebaren und einem Schutzwall aus vorgetäuschter Tapferkeit? Sie wollte ohne einen Blick zurück ihres Weges gehen, aber das würde nicht geschehen. Sie wäre wegen mir fast gestorben und das bedeutete, dass ich sie nicht kalt ließ.

Ich nahm ihr den Korb ab und trug ihn mit meiner freien Hand, während ich meine Schulter nutzte, um uns einen Weg durch die grölenden Männer, denen wir begegneten, zu schlagen. Sie betrachteten sie zwar ausgiebig mit hungrigen Augen, aber das war auch schon alles, was sie von ihr bekommen würden. Meine besitzergreifende Art weckte in mir den Wunsch, ihre Schädel einzuschlagen – zur Hölle, ich wollte heute eine Menge Leute schlagen. Sie würden nicht in ihre Nähe kommen.

Meine Stiefel klapperten laut auf dem hölzernen Gehweg, als ich sie nach Hause führte, obwohl ich keine Ahnung hatte, wo sich dieses befand. Ich wollte einfach nur weiterlaufen, Benson und den Oberstleutnant und seine Undercover-Pläne vergessen. Ich wollte vergessen, dass ich ein oder zwei Wochen mit Benson verbringen und eine Bank mit ihm ausrauben würde müssen, damit der Oberstleutnant ihn anschließend auf frischer Tat ertappen konnte. Ich war ein Pinkerton, ein Detektiv und ich wollte dieses Wissen nutzen, um alles über Miss Lenox in Erfahrung zu bringen; das wäre um einiges erfreulicher als Benson zu verfolgen. Allein ihre warme Haut zu spüren, selbst durch ihr grünes Kleid, würde schon ausreichen.

„Ich nehme an, Sie wünschen, dieses Steak für den Hund auf der Straße liegen zu lassen?"

Sie blickte über ihre Schulter, um zu entdecken, dass ihr Metzgereieinkauf – das eingewickelte Päckchen, das aus ihrem Korb geschleudert worden war, als ich sie gepackt hatte – von einem Hund verschlungen wurde, der nur noch den Faden und das Papier übrigließ, welche nun vom Wind davongetragen wurden. Als ich auf sie hinabblickte, sah ich, dass sich ihre Mundwinkel nach oben bogen.

„Ich schätze, das wäre wohl nett, insbesondere da ich selbst kein Fleisch esse", antwortete sie. Sie war kein albernes Mauerblümchen und ich musste über ihre gewitzte Antwort lächeln. Manche Frauen hätten sich beschwert und sich Sorgen darüber gemacht, dass ihr Abendessen von einer Kutsche zerquetscht und anschließend von einem streunenden Hund gefressen worden war. Manche Frauen hätten geweint oder sogar wegen dem bösen Hund mit dem Fuß aufgestampft. Sie hingegen sah den Humor der Situation und erlaubte mir, sie weiter den Gehweg hinab zu geleiten, während sich ein Lächeln auf ihren vollen, rosa Lippen formte.

„Sie essen kein Fleisch?", erkundigte ich mich und beobachtete, wie sie den Kopf schüttelte, wobei eine Locke in ihrem Nacken von links nach rechts schwang. „Sie werden *dieses* Fleisch nicht essen", fügte ich humorvoll hinzu. „Sie werden stattdessen mit mir essen gehen", verkündete ich. Es war keine Frage. Außer...warte. Sie aß kein Fleisch? Für wen war dann das Metzgersfleisch? „Wartet ein Ehemann zu Hause auf Sie?"

Ein Mann, der seine Frau allein durch eine Stadt wie Butte rennen ließ, musste seine Eier suchen. Wenn er sie gefunden hatte, würde ich sie ihm nur allzu gerne in den Rachen stopfen, weil er seine Frau schutzlos umherziehen ließ.

Ich spürte, dass sie sich neben mir versteifte. „Nein. Niemand wartet zu Hause auf mich."

Ich musste mir sicher sein, da ich keiner vergebenen Frau nachstellte.

„Kein Verehrer?"

Sie schüttelte den Kopf und ihre kupferfarbenen Locken hüpften.

„Kein Vater mit einem Gewehr?"

Ich sah ein wehmütiges Lächeln und eine Spur Bitterkeit. „Ich habe keinen Vater, aber falls Sie sich auf eine männliche Person beziehen, die für mich verantwortlich ist, er ist momentan nicht zu Hause. Wenn er das wäre, würde er ein Skalpell schwingen. Gewehrkugeln sind da nicht nötig."

Ein Skalpell? Interessant und erleuchtend. Die... männliche Person, die für sie verantwortlich war, war ein Arzt und er hatte sie allein durch die wilden Straßen Buttes ziehen lassen. Erleichterung durchflutete mich, als ich wusste, dass mir niemand im Weg stand und ich sie zu der Meinen machen konnte.

Ich führte sie zum nächstgelegenen Restaurant. „Ich werde mir das merken für den Moment, in dem ich Ihnen meine Aufmerksamkeiten zukommen lassen werde."

2

ILY

Eine leichte Begeisterung durchströmte mich bei seinen Worten. Sie wurden harsch ausgesprochen und von einem Hauch dunkler Sinnlichkeit begleitet, mit der mich noch kein Mann jemals zuvor bedacht hatte. Ich wusste, dass Männer Frauen ständig nachstellten, Münzen im Gegenzug für sexuelle Gefälligkeiten die Besitzer im zweiten Stock des Saloons wechselten oder sogar in einer dunklen Gasse. Ich hatte letzteres einmal zufällig beobachtet und war schnell davongeeilt. Ich sah mit Sicherheit nicht wie eine Prostituierte aus, mein Kleid entsprach der neuesten Mode, war aber dennoch schlicht und sehr sittsam geschnitten. Trotz der Hitze bedeckte die Spitze am Saum meiner Ärmel jeden Zentimeter meiner Handgelenke. Der hohe Kragen wirkte plötzlich erstickend und viel zu eng, weshalb ich mit meiner freien Hand zwei Finger in den Baumwollstoff grub und kurz daran ruckte.

Die letzten paar Minuten wollten mir nicht in den Kopf gehen. Ein Pferd war auf der anderen Straßenseite gestiegen und hatte meine Aufmerksamkeit auf sich gelenkt. Der Cowboy hatte die Zügel an den Schlagbaum gebunden und es mühelos beruhigt. In diesem Moment hatte ich *ihn* aus der Badeanstalt treten sehen. Ich war mitten im Lauf erstarrt, weil mich eine Welle merkwürdiger Gefühle überschwemmt hatte. Mein Herz hatte einen Schlag ausgesetzt und mein Atem war mir in der Kehle stecken geblieben. Seltsamerweise hatten meine Handflächen zu schwitzen begonnen und meine Nippel hatten sich im engen Gefängnis meines Korsetts zusammengezogen.

Ich hatte gedacht, ich würde einen Schlaganfall erleiden. Nein. Die Veränderung. Gott, ich hatte mich selbst eine Idiotin geschimpft. Eine Herzrythmusstörung. Nein. Der Mann war einfach der Bestaussehendste, den ich jemals gesehen hatte. Seine Haare waren dunkel, feucht und aus seinem gebräunten Gesicht nach hinten geglättet. Seine Augen waren dunkel, fast schon schwarz auf die Entfernung. Sein Kiefer war frisch rasiert und mir entgingen weder die harten Kanten noch seine vollen Lippen. Er war größer als die Menschen, die ihn auf dem Gehweg passierten. Seine Größe und muskulöse Gestalt wiesen darauf hin, dass er vielleicht ein Bergarbeiter war. Ein Bergarbeiter, der sehr, sehr hart arbeitete. Sein Anzug war sauber und maßgeschneidert, was von Geld zeugte.

Vielleicht hatte er gespürt, dass ihn jemand beobachtete, denn er hatte seinen Kopf leicht gedreht und seine Augen waren meinen begegnet. Und hatten sie gehalten. Und gehalten. Dieses Herzschlagproblem war zurückgekehrt und ich hatte meine Lippen befeuchtet, weil sie plötzlich ganz trocken geworden waren.

Sein Blick hatte meinen gehalten, war dann meinen Körper hinabgeglitten und über jeden Zentimeter von mir gewandert. Meine Haut hatte sich erhitzt, als ob die Sonne auf mich geschienen hätte. Sein Blick war zur Seite gehuscht und seine Augen hatten sich vor etwas wie Panik geweitet. Er war den Gehweg hinabgerannt, dann über einen Wassertrog gesprungen. Lange Beine hatten die Distanz von dort, wo er gestanden hatte, bis zu...mir schnell überwunden. Ich hatte keine Ahnung gehabt, was er da tat, aber er hatte nicht vor mir angehalten. Tatsächlich hatte er überhaupt nicht angehalten. Überrascht hatte ich keine Gelegenheit gehabt, meine Arme vor mich zu heben, bevor er mich in seine gehoben hatte.

Ich erinnerte mich an das harte Gefühl seines Körpers, der gegen meinen drückte, seine Hitze, sogar seinen Duft. Vielleicht war es ein Schlaganfall gewesen, denn jetzt führte er mich den Gehweg entlang, erpicht darauf, mir seine Aufmerksamkeit zukommen zu lassen. *Aufmerksamkeit! Er? Mir!*

Obwohl ich von diesen amourösen Gesprächen wusste und einige selbst mit ein paar leicht betrunkenen Bergarbeitern geführt hatte, hatten deren Worte nicht solche Gefühle in mir geweckt. Kein Mann hatte mein Herz so schlagen lassen, meine Handflächen zum Schwitzen gebracht und meinen Körper vor Verlangen schmerzen lassen. Ich hatte überhaupt keine Ahnung, wie ich reagieren sollte, was neu für mich war. Ich war immer in der Lage gewesen, eine schlagfertige Antwort zu geben und mich selbst zu verteidigen, falls beispielsweise mein mangelndes Interesse den Kohle-Mann dazu gebracht hatte, weniger für den Winter zu liefern, als bestellt worden war.

Dieser Mann allerdings brachte mich um den Verstand und sprach zur gleichen Zeit meinen weiblichsten Teil an. Ich musste antworten. Ich konnte nicht die schüchterne, steife Miss spielen. Ich *musste* wissen, was er meinte, denn was auch immer er anbot, war etwas, das ich wollte. Oh ja, ich wollte diesen Mann auf eine Weise, wie ich noch nie einen anderen gewollt hatte. Steife Männer hatten sich mir gelegentlich vorgestellt und waren oft für eine Mahlzeit mir gegenüber an unserem Esstisch geendet. In der Vergangenheit und als ich noch auf der Ranch gelebt hatte, hatten sie Miss Esthers und Miss Trudys subtile Fragen und die weniger subtile Befragung meiner Schwestern – den dreien, die noch unverheiratet und zu Hause waren – ertragen müssen. Nur zwei hatten sich Dr. Bower und mir zum Abendessen angeschlossen. Keiner hatte mich jedoch interessiert oder meine Nippel hart werden lassen. Ich leckte meine Lippen. „Mir Ihre Aufmerksamkeiten zukommen lassen?"

Er war einen Kopf größer als ich, weshalb er sich leicht nach unten beugte, damit seine Worte nur mich erreichten. „Ihnen erzählen, dass ich Sie mehr als attraktiv finde. Interessant. Ungewöhnlich. Faszinierend."

Meine Schritte wurden bei seinem Geständnis langsamer. „Faszinierend? Ich?"

Ich war die am wenigsten faszinierende Person, die ich kannte. Ich war...merkwürdig. Nun, zumindest hatte das Mrs. Dimplemeyer in der Kirche gesagt, als sie nicht gewusst hatte, dass ich in der Reihe direkt hinter ihr saß. Mein Schwager, Ethan James, hatte mein Praktikum in Butte bei Dr. Bower, dem leitenden Arzt der Kupferminen, arrangiert. Es war ungewöhnlich, dass eine Frau bei einem Arzt arbeitete, aber ich war hartnäckig gewesen und Ethan verständnisvoll. Ich hätte mit Ethan arbeiten können, aber er und Daisy waren frisch verheiratet und da konnte sie ihre Schwester nicht in ihrem Haus gebrauchen. Außerdem hatte ich aus der Stadt rausgewollt und Butte lag nur zwei Tagesritte von Zuhause entfernt. Es war gut gelaufen, bis vor kurzem. Seltsamerweise und zum Glück hatte mich Dr. Bower nie als Frau betrachtet, sondern mit mir geredet, wie er es mit jedem Mann getan hätte, und mir beigebracht, wie man Patienten behandelte. Das war bis letzten Monat so gegangen, als er angefangen hatte, meine Anwesenheit abzulehnen.

Ich hatte mich ausgestoßen und vernachlässigt gefühlt. Um die Dinge noch zu verschlimmern, hatte er einen Assistenten angestellt, einen kleinen, unglücklichen Mann namens Dr. Meager, der ähnlich wie eine Bisamratte aussah. Mir waren Haushaltspflichten, die einer Frau angemessen waren, übertragen worden, was mich unendlich langweilte. Er hatte bereits eine Haushälterin, eine korpulente Frau namens Mrs. Reading, die zweimal die Woche zum Putzen und Kochen vorbeikam. Sie agierte als eine sehr beiläufige Anstandsdame, obwohl der Doktor kein Interesse an mir hatte und ich keines an ihm. Während mir Dr. Bower zwar geschworen hatte, dass die Bisamratte nicht der Grund für seine Entscheidung sei, so hatte er mich aber auch darüber informiert, dass mein Status als Frau zu offenkundig sei, als dass ich ihm weiterhin in den Minen hätte helfen können.

Zu offenkundig, murmelte ich vor mich hin. Lachhaft. Ich war nicht liebreizend wie die Damen aus dem Belle's und die wussten ganz bestimmt, wie sie ihre *Attribute* zu ihrem Vorteil nutzen konnten. Ich trug züchtige Kleider, meine Haare waren zu einem strengen Knoten in meinem Nacken frisiert. Meine Haare waren lockig und wild, weshalb ich jede Menge Nadeln verwendete. Sie waren außerdem rot. Sehr, sehr rot. Aber ich war nicht demütig und ruhig wie die Mauerblümchen in der Kirche. Ich sagte meine Meinung und das nur allzu bereitwillig. Da Mrs. Reading Arthrose in den Knien hatte, half ich ihr immer mehr dabei, den Haushalt zu führen. Außerdem übernahm ich die praktische Seite der Arbeit, die Treffen der Frauenhilfe. Ich konnte nicht stillsitzen, selbst wenn ich es versuchte, und meine Gedanken gingen schneller, als mich meine Beine tragen konnten. Ich war, in einem Wort, ein Blaustrumpf.

Genauso wie meine Schwester, Hyacinth, aber ich war nicht schüchtern. Ich war ein bisschen zu frech für mein eigenes Wohl – laut Miss Esther. Ich war belesen, aber anders als Hyacinth hatte ich auch mit der Schattenseite der groben Männersprache Erfahrung. Ich konnte dank Miss Esthers Vormundschaft einen Braten kochen. Ich konnte sogar eine Kuh zerlegen – ich hatte einen kalten Wintertag, als ich fünfzehn gewesen war, damit zugebracht, von Big Ed, dem Vormann der Lenox Ranch, zu lernen, wie man ein Messer an der Flanke eines Rindes einsetzte. Er war immer nachsichtig gewesen mit uns – mir und meinen sieben Schwestern – und hatte uns in all unseren ungewöhnlichen Interessen unterstützt.

Diese Fähigkeit hatte sich zu einem Job in der Metzgerei entwickelt, wo ich Fleisch zerkleinerte. Ja, es war absurd, aber eines Tages hatte ich mit Mr. Brainerd über meine ungewöhnlichen Fähigkeiten geplaudert und hatte ihm während einer ruhigen Geschäftsstunde angeboten, ihm beim Zerlegen einiger Hühner für die Hotelrestaurants zu helfen. Er war eindeutig beeindruckt gewesen und hatte mir sofort einen Job angeboten.

Wenn also dieser gut aussehende Mann – ein Mann, dessen Namen ich nicht einmal kannte – mich, einen Blaustrumpf und Metzgerlehrling, faszinierend fand, musste ich mich fragen, ob nicht vielleicht er derjenige war, der einen Schlaganfall erlitten hatte.

Er schwieg, während wir das Restaurant betraten und zu einem Tisch geführt wurden. Nachdem er meinen Stuhl herausgezogen und sich anschließend mir gegenüber gesetzt hatte, starrte er mich an. Ich fühlte mich, als würde ich wieder mitten auf der Straße stehen, gefangen von seinem stechenden Blick. Seine Augen waren dunkel, aber im Licht der Kronleuchter des Raumes hatten sie eine ähnliche Färbung wie Whiskey. Seine Haare, auch wenn sie nicht übermäßig lang waren, fielen ihm in die Stirn. Es juckte mich in den Fingern, meine Hand auszustrecken und die Locken nach hinten zu streichen, aber ich wusste, sie würden einfach wieder zurück an ihre Stelle fallen.

Seine Haut war gebräunt, als hätte er sich in der Sonne aufgehalten. Sein muskulöser Körper war ein Anzeichen für einen aktiven Lebensstil. Er war kein Banker.

„Wenn Sie mir Ihre Aufmerksamkeiten zukommen lassen wollen, sollten Sie dann nicht wenigstens meinen Namen kennen?"

Seine dunkle Braue hob sich und ich bemerkte eine kleine Narbe, die sie teilte, eine feine weiße Linie. „Ich weiß, dass Sie Miss Lenox sind, aber das ist nicht wichtig."

„Oh? Und warum ist das so?" Verärgert über sein plötzliches Desinteresse nahm ich meine Serviette, schüttelte sie auf und legte sie auf meinen Schoß.

„Weil Sie schon bald Mrs. Matthews sein werden."

Mein Blick war auf meinen ineinander verschränkten Händen gelegen, aber auf seine Worte hin ruckte mein Kopf nach oben und ich starrte ihn an. Er war so arrogant, so von sich selbst eingenommen. Er erhob Anspruch auf mich, war sich so sicher, dass ich die Seine sei, dass er mich –

„Sie wollen mich *heiraten*?" Ich bemerkte, dass meine

Stimme lauter geworden war, weshalb ich mich umsah, aber niemand beachtete uns. Das Restaurant war gut gefüllt und wir waren nicht die Lautesten. An mehreren Tischen saßen Bergarbeiter, die ihren Lohn erhalten hatten und damit beschäftigt waren, nach einer langen Arbeitswoche eine üppige, wohlverdiente Mahlzeit zu verspeisen.

„Ja."

Die geknurrte Forderung hinter seinem schlichten Geständnis ließ Gänsehaut auf meinen Armen entstehen. Die Männer, die zum Abendessen auf die Ranch oder zu Dr. Bower gekommen waren, waren nie so forsch gewesen, so... dominant. Das gefiel mir. Es gefiel mir außerordentlich.

„Warum?" Ich sah mich um, dann beugte ich mich nach vorne. Er legte seine Unterarme auf den Tisch und beugte sich ebenfalls zu mir, sodass uns nur noch eine Handbreit voneinander trennte. Ich konnte erkennen, dass seine Barstoppeln dunkel sein würden und dass er an der Kante seines Kiefers einen kleinen Schnitt vom Rasieren hatte. „Ich habe gehört, dass Männer ihre Aufmerksamkeiten anderen zukommen lassen, ohne gleich zu heiraten, wissen Sie."

Seine Augen verzogen sich zu Schlitzen und sein Kiefer spannte sich an. Ich hatte etwas Falsches gesagt.

„Und Sie erlauben Männern so etwas?" Ich hörte die scharfe Rüge in seinem Ton. Er war aufs Äußerste angespannt, während er auf meine Antwort wartete, als ob er jeden Mann, der mich unangemessen behandelt hatte, aufspüren und ihm sämtliche Glieder einzeln ausreißen wollte.

Ich nahm eine steifere Haltung an. „Ganz bestimmt nicht."

Da entspannte er sich. „Das ist exzellent. Ich weigere mich, über solche Dinge mit Ihnen zu sprechen, bis Sie meine Frau sind. Dann", er hielt inne und ich leckte meine Lippen, begierig mehr zu hören, „dann verspreche ich, werde ich Ihnen von all den Dingen erzählen, die ich mit Ihnen tun werde." Er beugte sich nach vorne, so nah, dass ich goldene Sprenkel in seinen Augen sehen und seinen warmen Atem auf meiner Wange spüren konnte. „Mein Name ist Jack. Ich will, dass Sie das wissen, denn ich werde Ihnen meinen Ring an den Finger stecken und Sie im Bett unter mich ziehen. Wenn mein Schwanz tief in Ihnen vergraben ist, werden Sie diesen Namen schreien."

Mein Mund klappte auf und mein Höschen wurde sehr feucht.

3

ACK

Ich beobachtete, wie die unterschiedlichsten Emotionen in ihrem Gesicht aufflackerten. Schock, Erregung, Staunen, Angst, Überraschung. Ich konnte sie mühelos lesen – sie wäre keine sehr gute Pokerspielerin. Glücklicherweise kam das meiner Sache entgegen. Aber es überraschte mich, als sie abrupt aufstand, wodurch ihr Stuhl über den Holzboden kratzte. Ich erhob mich natürlich ebenfalls und ich benötigte die Zeit, in der sie aus dem Restaurant floh, um zu verstehen, dass ich ihr folgen musste. Vielleicht hatte ich sie zu stark bedrängt. Zur Hölle, nein. Sie würde die Meine werden und je eher sie das begriff, desto besser. Ich hatte zwei Tage. Zwei verdammte Tage, um diesen Ring an ihren Finger zu stecken und meinen Schwanz tief in sie. Ich musste wissen, dass ich etwas Gutes in meinem Leben hatte, etwas Unschuldiges und Reines, das auf mich wartete, während ich vorgab, einer der schlimmsten Verbrecher im Territorium zu sein. Ich würde nicht allzu lange weg sein, eine Woche, allerhöchstens zehn Tage, aber sie würde die schlimmsten vorstellbaren Lügen über mich lesen – meine Gesetzesbrecher-Identität, Eli Pike, sollte den Zug einer Geldkassette berauben, sogar einen der Lokführer töten – und das Schlimmste annehmen.

Obwohl wir noch nicht einmal etwas bestellt hatten, nahm ich einige Münzen aus meiner Tasche und warf sie auf den Tisch, bevor ich Miss Lenox aus dem Restaurant folgte. Ich blickte nach links und rechts, wobei ich die Augen vor der hellen Sonne, die zwischen den Gebäuden hindurchdrang, zusammenkniff. Ich sah sie einen halben Block entfernt – mir konnte das Leuchten ihres wundervollen Haares nicht entgehen – und marschierte hinter ihr her. Je näher ich ihr kam, desto stärker wurde der Wunsch, sie an der Taille zu umfassen – wie ich es getan hatte, als ich sie vor der Kutsche gerettet hatte – und sie zurück zu meinem Hotelzimmer tragen. Stattdessen ergriff ich ihren Arm, fest aber mit einer Sanftheit, die meine starken Gefühle Lügen strafte, und führte sie in die nächste Gasse.

Sie schaute auf eine Weise zu mir hoch, von der ich wusste, dass sie einen schwächeren Mann umgehauen hätte. „Schauen Sie mich ruhig weiterhin so an, Miss Lenox, und Sie werden geküsst werden."

Ihr klappte die Kinnlade runter und ich konnte ihre geraden weißen Zähne sehen. „Lassen Sie mich los!"

Ich schüttelte langsam meinen Kopf, während ich sie gegen die mit Schindeln verkleidete Wand eines der Geschäfte presste. Wir befanden uns im Schatten, weshalb die Luft kühler war. Der Straßenlärm war hier leiser, da wir uns in einem hinteren Winkel und von der Straße entfernt befanden. Wir waren allein, dennoch mitten in einer lebhaften Stadt.

Ich ließ sie los, aber als sie Anstalten machte, zu fliehen, stützte ich meine Hände links und rechts neben sie an die Wand, um sie an Ort und Stelle zu fixieren. Sie atmete hektisch und ich konnte an ihrem Hals das aufgeregte Flattern ihres Pulses sehen.

„Wenn meine Worte Sie aufgeregt haben, dann tut es mir leid. Das war nicht meine Absicht."

Sie hob eine Augenbraue und verschränkte die Arme vor der Brust. „Was war Ihre Absicht?"

„Ihnen meine Absichten darzulegen."

„Ihre Absichten?"

Sie runzelte die Stirn, eine kleine Falte formte sich darauf. Ich drückte meinen Daumen auf diese Stelle und glättete sie, aber sie schlug meine Hand weg.

„Es war nicht Ihre *Absicht*, mich bezüglich Ihrer *Absichten* aufzuregen?" Sie verdrehte die Augen, dann lachte sie, aber sie fand es nicht witzig. „Warum ich? Ich bin nur die Frau, die fast von einer Kutsche getötet wurde. Ich bin schlicht, starrköpfig – "

„Diskutierfreudig", fügte ich hinzu.

Sie schürzte ihre Lippen, dann ergänzte sie: „Ein Blaustrumpf."

„Eine Vegetarierin. Ich glaube, das ist der Name für jemanden, der kein Fleisch isst. Nur Gott weiß warum", grummelte ich. Wer isst schon kein Fleisch?

Sie fügte der Liste über ihre...einzigartigen Eigenschaften nichts mehr hinzu. Ich hatte wunderschön weggelassen, was ich, wie ich an ihrem niedergeschlagenen Seufzen erkannte, als erstes hätte erwähnen sollen.

„Was wollen Sie von mir?", flüsterte sie, weshalb ich mich näher zu ihr beugte.

„Ich dachte, das hätte ich deutlich gemacht. Ich werde Sie heiraten. Dann werde ich diese steife, kratzbürstige Art direkt aus Ihnen ficken."

Sie errötete, aber ihre Augen verengten sich wütend. „Jetzt bin ich auch noch kratzbürstig?"

Ich grinste. „Das gefällt mir am besten an Ihnen, Sie richtig sauer zu machen."

Ihre Wangen wurden noch eine Spur dunkler und ich genoss es, zu beobachten, wie die Röte auch ihren Hals hinabkroch. „Niemand hat je zuvor so mit Ihnen geredet?" Ich knickte meine Arme ein, sodass ich ihr sogar noch etwas näher war und sie noch ein bisschen mehr bedrängte.

Sie schüttelte ihren Kopf und ich sah, dass die grünen Kreise ihrer Augen kleiner wurden.

„Was, wenn ich sagen würde, dass es mir gefällt zu beobachten, wie sich Ihre Brüste bewegen, während Sie um Atem ringen?"

Ihre Hand schoss nach oben und klatschte gegen meine Wange, das Geräusch der Ohrfeige hallte laut in der Gasse wider. Ich spürte das Brennen, aber anstatt, dass es mich verärgerte, machte es mich hart.

„Sie mögen es wohl grob?", fragte ich.

„Mr. Matthews", begann sie.

„Was ist, Schatz? Angst?"

Sie lachte, aber es war nicht echt. Da entglitt ihr ihre vorgetäuschte Tapferkeit und ich sah so viel mehr als sie mir zeigen wollte.

„Das ist es, was das hier ist, dieses Verhalten. Sie haben Angst." Als hätte ich gerade ein komplexes Puzzle gelöst, wurde mir alles klar. Sie war nicht so hochnäsig, wie sie es den Leuten weiß machte. Sie ließ einfach nicht zu, dass ihr jemand zu nahe kam. Ihre Gründe dafür kannte ich nicht – noch nicht – aber ich konnte jetzt die echte Miss Lenox sehen. Indem ich mit meinen Fingern zärtlich über ihre Wange streichelte, die seidig weich und warm war, tröstete ich sie: „Denken Sie, ich wollte mich heute in jemanden verlieben? Denken Sie, meine Pläne schlossen einen rothaarigen Hitzkopf ein?"

„Lassen Sie mich einfach gehen und dieser...*Hitzkopf* kann Sie in Ruhe lassen", erwiderte sie harsch. „Dann können Sie sich sofort wieder Ihren verdammten Plänen widmen."

„Wir werden uns später über Ihre Ausdrucksweise unterhalten." Ich schüttelte langsam meinen Kopf, während ich weiterhin über ihre Haut streichelte. „Ich kann nicht mehr zurück, Schatz. Sie fühlen es. Ich weiß, dass Sie das tun. Nicht jede Frau wird fast von einer Kutsche überfahren, weil sie sich in mich verliebt hat."

„Ich habe mich nicht in Sie verliebt", widersprach sie schnell. Zu schnell. Ihre Augen hoben sich kurz zu meinen, dann senkten sie sich auf meinen Mund. Ich unterdrückte ein Stöhnen.

„Sie haben Angst", wiederholte ich, meine Worte waren dieses Mal leiser. Ein lauter Knall kam von der Straße, vielleicht war ein Fass auf den Gehweg gefallen, und Miss Lenox sah die Gasse hinab. Ich ergriff ihr Kinn mit meinen Fingern und drehte ihren Kopf zurück zu mir. Sie blickte mir einen Moment in die Augen, dann wandte sie den Blick ab.

Sie nickte einmal.

„Ah, so ein gutes Mädchen", lobte ich. „Ich habe auch Angst."

„Sie?" Überraschung schwang in dem einen Worten mit. „Wovor zur Hölle kann ein großer Mann wie Sie Angst haben? Ich bin sicher, Sie versetzen sogar Bären in Angst und Schrecken."

Ich grinste. „Ich habe Angst vor Ihnen", gestand ich. Diese winzige Frau hatte mich im Griff wie keine andere zuvor und ich war mir sicher, dass dies auch danach keiner mehr gelingen würde.

Sie runzelte die Stirn, zweifelte an mir, aber vielleicht glaubte sie dem sanften Tonfall meiner Worte. „Mir?"

Ich nickte. „Ich habe noch zwei Tage in Butte, bevor ich…ich wegen der Arbeit verreisen muss. Zwei Tage, um Sie anständig zu umwerben und Ihnen meinen Ring an den Finger zu stecken, aber ich denke, wir wissen beide, dass es unvermeidlich ist."

„Und was wäre das?" Ich beobachtete, wie sie schluckte und über ihre Lippen leckte.

„Wir."

Sie legte ihren Kopf leicht schräg und fragte: „Sie haben zwei Tage?"

Zwei Tage, in denen sie mich für einen guten Mann halten würde, nicht für den Dieb und Mörder, über den sie schon bald in der Zeitung lesen und über den sicherlich in der ganzen Stadt getratscht werden würde. Bevor sie all die Lügen hörte, würde sie jedoch wissen, dass das, was ich für sie empfand, real war. Ich musste sie davor zu der Meinen machen, denn danach würde sie nichts mehr mit mir zu tun haben wollen.

Ich könnte nach Washington zurückkehren und niemand würde von meinen Taten wissen, nicht einmal nachdem der Oberstleutnant und die Kupferkönige die falsche Geschichte so real wie möglich dargestellt hatten. Weil sie Benson wollten, würden sie mich benutzen, um ihn zu bekommen. Ich war damit einverstanden gewesen, da Pinkertons einfach ihren Job machten. Aber jetzt hatte sich alles wegen einer Frau geändert, von deren Existenz ich vor einer Stunde nicht einmal gewusst hatte. Ich hatte von Liebe auf den ersten Blick gehört.

Ich konnte nicht sagen, ob es wirklich Liebe war, die ich für sie empfand, ich wusste nur, dass ich ohne sie nicht leben konnte. Es war verrückt. Ich war verrückt. Vielleicht war ich verrückt, weil ich in nur zwei Tagen ein Gesetzloser sein würde. Vielleicht würde ich das Ganze nicht einmal lebend überstehen.

Ich wusste nur, dass diese zwei Tage ein Geschenk waren, genau wie sie. Ich würde es annehmen und so gut ich konnte festhalten in der Hoffnung, dass ich sie immer noch haben würde, wenn Benson erst einmal hinter Gittern saß und der Gnade der Kupferkönige ausgeliefert war. Ich musste nur darauf vertrauen, dass sie klug genug war, um den Unterschied zwischen meinem wahren Ich und dem, was in der Zeitung über mich verbreitet werden würde, zu erkennen. Ich wollte ihr die Wahrheit über den Plan erzählen, aber ich war zu Verschwiegenheit verpflichtet worden. Die reichen Bastarde vertrauten niemandem.

Der Oberstleutnant war von den Kupferkönigen, deren Geld von Benson gestohlen worden war, genug unter Druck gesetzt worden. Sie wollten Rache, Vergeltung. Sie wollten an dem Gesetzlosen ein Exempel statuieren und der Welt zeigen, dass sie sogar mächtiger waren als der gefährlichste aller Kriminellen. Es war meine Aufgabe, mich Benson in einem Banküberfall – seiner Spezialität – anzuschließen und dafür zu sorgen, dass er auf frischer Tat ertappt wurde. Diese reichen Männer würden mich dafür bezahlen, Benson lebend zu ihnen zu bringen. Sie wollten ihn nicht tot, sie wollten ihn lebend, damit er einen Prozess bekam, damit er in der Zeitung fertiggemacht wurde. An einem toten Mann konnte kein Exempel statuiert werden. Deswegen würden sie mich nicht über die Pinkertons bezahlen, sondern in Aktienanteilen, wenn ich die Gefahr auf mich nahm. Ich würde undercover gehen, meinen Kopf für ihre Glaubwürdigkeit und Gewinne riskieren. Meine Verschwiegenheit im Tausch für die große finanzielle Vergütung am Ende.

Da nun aber diese rothaarige Femme Fatale vor mir stand...war die Vergütung die Möglichkeit, dass sie mich hasste, wert? Wenn Benson erst einmal hinter Gittern saß, wo ihn die Kupferkönige haben wollten, könnte ich meinen Job kündigen, für sie sorgen, sie beschützen, sie so lieben, wie es ein Mann tun sollte. Ich würde nicht mehr durchs Land ziehen müssen, um Gesetzlosen zu folgen. Ich würde nicht mehr arbeiten müssen. Zehn Tage im Tausch für den Rest meines Lebens mit ihr. Keine Gesetzlosen mehr, keine Gefahr mehr. Nur *sie*. War es das wert? *Sie* ganz für mich allein zu haben, keine Telegramme, keine mächtigen reichen Bastarde, die über mein Schicksal entschieden? Zur Hölle, ja.

„Zwei Tage. Aber Sie gehören bereits mir. Ich werde zu Ihnen zurückkommen. Ganz egal, wohin ich gehe, was ich tue, Sie sind die Meine. Nicht wahr?"

Ich beugte mich weiter zu ihr, sodass unsere Nasenspitzen aneinander stießen. Unser Atem vermischte sich, ihr blumiger Duft war berauschend und machtvoll. Ich wollte meine Finger in ihren seidigen Haaren vergraben, meinen Schwanz in ihrer jungfräulichen Pussy. Ich wollte sicherstellen, dass sie niemals vergaß, zu wem sie gehörte. Ich wollte, dass sie mich wieder ganz machte, dass sie mir in Erinnerung rief, dass ich ebenfalls zu jemandem gehörte. Wenn ich ging, um mich Benson anzuschließen, würde ich einen Teil von mir bei ihr zurücklassen, einen guten Teil. Einen Teil, den Benson nicht in die Finger kriegen würde.

„Lily", flüsterte sie.

Meine Augenbrauen schossen bei dem Namen in die Höhe.

„Mein Name ist Lily." Ihre Augen senkten sich auf meinen Mund, blieben dort haften. „Ich dachte, Sie sollten den Namen der Frau kennen, die Sie gleich küssen werden."

Ein freudiger Schauer des Triumphes durchströmte mich und noch während ich grinste, senkte ich meine Lippen auf ihre, strich süß und sanft über sie. Weich und warm, das waren meine ersten Gedanken. Zögerlich, dennoch forsch, drückte sie sich an mich, aber ich würde mich nicht beeilen. Würde das hier nicht überstürzen.

„Warum machen Sie so langsam?", hauchte sie, während sich ihre Hand um meinen Hals schlang.

„Das ist mein letzter erster Kuss, Schatz. Ich will ihn genießen."

Der Laut, der ihr entkam, war teils Stöhnen, teils Schnurren. Obwohl ich sie gegen die Wand drücken und spüren lassen wollte, wie hart mich dieser Laut machte, hielt ich mich zurück. Eine Gasse war nicht der Ort, an dem ich sie zu der Meinen machen würde. Das bedeutete aber nicht, dass ich nicht meine Zunge in ihren Mund schieben und jeden heißen, feuchten Teil von ihr erforschen würde.

Sie war köstlich, perfekt, unglaublich, heiß, unschuldig, aufreizend. Alles, was es mir so schwer machte, den Kopf zu heben und zurückzutreten.

„Du bekommst einen Tag, Lily. Einen Tag des Umwerbens. Morgen werden wir zum Pfarrer gehen und ich dich zu der Meinen machen."

Dieses Mal verpasste sie mir keine Ohrfeige. Sie runzelte nicht einmal die Stirn oder tötete mich mit Blicken. Stattdessen lehnte sie sich an die Wand, als ob sie die Stütze bräuchte, und biss auf ihre geschwollene Unterlippe. „In Ordnung, aber kann ich zuerst noch einen Kuss haben?"

Jetzt war es an mir zu stöhnen. Ich wollte noch einen Kuss, mehr als ich meinen nächsten Atemzug wollte. „Nein. Ich werde das richtig machen. Das nächste Mal werde ich dich nach unseren Eheversprechen küssen." Als sie ihre Hand zu meiner Brust hob, nahm ich sie in meine und hielt sie von mir weg. Meine Willenskraft war nicht unermesslich. „Ich meine es ernst, Schatz."

Sie zog einen Schmollmund.

„Und ich dachte, du wärst ein gutes Mädchen", neckte ich sie.

Daraufhin spannte sich ihr Körper an, aber ich zog sie an mich, hielt ihre Hand an meiner Brust gefangen. „Es ist nichts Falsches daran, wenn ein gutes Mädchen eine verruchte Seite hat. Vor allem *mein* gutes Mädchen. Morgen. Morgen kannst du mir zeigen, wie verrucht du bist."

4

ILY

Jacks Mund lag auf meinem und küsste mich ganz anders als bei dem keuschen Küsschen am Ende unserer Hochzeit vor wenigen Minuten. Mein Mund öffnete sich mit einem Keuchen wegen der Art, wie sich sein zärtlicher, dennoch fordernder, Mund anfühlte, als er mich mit seiner Zunge erforschte. Seiner Zunge! Ich hatte keine Ahnung gehabt, dass es so…sinnlich sein würde, wenn die Zunge eines Mannes meine berührte, wenn sie über jeden Zentimeter meines Mundes leckte. Jack überwältigte mich, umringte mich und ich sank schnell, meine Knie wurden mit jeder Sekunde schwächer.

Nach dem ersten Kuss in der Gasse hatte er sein Wort gehalten und mich nicht wieder geküsst, bis ich Mrs. Matthews geworden war. Ich wusste, er hatte es tun wollen, denn seine Augen waren seitdem recht häufig auf meinem

Mund gelegen. Ich hatte ebenfalls gewollt, dass er mich küsste. Vielleicht, weil er sich geweigert hatte, es zu tun. Aber dieser Kuss, oh, dieser Kuss machte das mehr als wett!

Er hatte die Tür zu seinem – unserem – Hotelzimmer geöffnet, mich hineingestoßen, sie zugetreten und mich anschließend herumgewirbelt, sodass mein Rücken dagegen gepresst wurde. Ich hatte kaum Zeit, Luft zu holen, bevor er seinen Kopf schon zu meinem senkte. Seine Unterarme ruhten auf jeder Seite meines Kopfes und ich schwöre, ich spürte jeden langen, sehnigen Zentimeter von ihm an mir.

„Bist du dir sicher, dass diese Zeremonie rechtsgültig war? Sie war wirklich kurz", murmelte ich zwischen ausgiebigen Küssen. Ich hatte kaum genug Luft, um die Worte auszusprechen. Sein sauberer, herber Duft umnebelte meine Sinne. Seine Zunge schmeckte nach Pfefferminz.

Jack küsste meinen Mundwinkel, dann mein Kiefer entlang. Als seine Zunge über die Haut dort leckte, stöhnte ich. Hitze sammelte sich zwischen meinen Schenkeln und ich spürte, dass sich meine Nippel aufrichteten.

„Ich habe den Pfarrer für die besonders kurze Version bezahlt."

Jacks Stimme hatte noch nie zuvor so tief, so rau geklungen. Wir hatten gestern den restlichen Tag miteinander verbracht. Er hatte mich am Ende des Tages zu meinem Haus gebracht und mich kurz nach Sonnenaufgang wieder abgeholt. Es war eine lange Nacht ganz allein im Haus gewesen, in der ich mich herumgeworfen und gewälzt hatte – Dr. Bower war noch nicht aus Boulder zurückgekehrt.

Sein Atem strich über meine erhitzte Haut. Ich öffnete meine Augen und starrte zu der weißen Stuckdecke hinauf, während ich meinen Kopf schieflegte, um ihm mehr Platz zu gewähren, damit er die Seite meines Halses hinabküssen konnte. „Warum?"

„Damit ich das tun kann." Er knabberte an meinem Ohrläppchen und ich stöhnte. Ich hatte nicht gewusst, dass mein Ohr so empfindlich war. Indem ich meine Hand ausstreckte, packte ich Jacks Handgelenk, schlang meine Finger um den weichen Stoff seines Hemdes und klammerte mich mit aller Kraft daran. Unter meinen Handflächen war sein Körper hart und die Muskeln angespannt. Er strahlte Hitze aus und auf mich ab, bis ich dachte, ich würde in Flammen aufgehen.

„Jack." Meine Augen schlossen sich, als er eine *sehr* empfindsame Stelle hinter meinem Ohr küsste.

„Gott, ich liebe es, wenn du meinen Namen so aussprichst."

„Wie was?", flüsterte ich.

„Als ob du jede Sekunde kommen würdest."

Sein Mund nahm meinen wieder in Besitz, gewährte mir keinen Augenblick, um mich zu fragen, was das Wort 'kommen' bedeutete. Ich wusste, was ich zu erwarten hatte, als seine Zunge in meinen Mund glitt und ich kam ihr entgegen und küsste ihn zurück. Jetzt war er es, der stöhnte. Ich konnte seine Männlichkeit an meinem Bauch fühlen, hart und dick, aber ich hätte schwören können, dass sie sogar noch größer wurde, während er sich an mir rieb.

„Angst, Schatz?" Er löste sich von mir, um mich anzuschauen, seine normalerweise whiskeyfarbenen Augen waren nun tiefschwarz. Seine Wangen waren gerötet und er beobachtete mich, als wäre ich die einzige Person in der ganzen weiten Welt. *Seiner* Welt. In diesem Moment glaubte ich, dass ich das war. In der Gasse hatte er mir die gleiche Frage gestellt. Da *hatte* ich Angst gehabt. Aber jetzt...

„Nein", erwiderte ich leise. Mein Kopf wurde nach hinten geneigt, als ich zu ihm hochsah. Sein großer Körper verbarg das Tageslicht vor mir, das durch das einzige Fenster des Zimmers fiel.

Meine Lippen fühlten sich feucht und geschwollen an und ich glaubte nicht, dass ich jemals wieder zu Atem kommen würde. Jack war so...männlich. Mein Körper war in weniger als einer Minute zum Leben erwacht. Ich empfand Dinge, die ich nie für möglich gehalten hätte. Mein Körper verzehrte sich nach seinem, sehnte sich danach. Meine Nippel waren harte Spitze und zwischen meinen Beinen war meine Weiblichkeit geschwollen und feucht. Wenn er mich allein durch seine Küsse so fühlen ließ, war ich mir nicht sicher, ob ich überleben würde, was als nächstes kam.

„Nervös?", schlug ich vor. „Zur Hölle, ja."

Sein Mundwinkel hob sich. „Wenn ich nicht gleich einige ziemlich schmutzige Dinge zu dir sagen würde, würde ich dich für diese Ausdrucksweise übers Knie legen müssen."

Ich wölbte eine Braue und lächelte. Die Vorstellung, dass Jack meine Röcke hochhob und mir den Hintern versohlte, war auf eine sehr verruchte Weise reizvoll. Warum ich so stark auf etwas reagierte, das wehtun würde, wusste ich nicht. „Schmutzige Dinge?", stammelte ich.

Er legte seinen Kopf in den Nacken und lachte, dann streichelten seine Fingerknöchel über meine Wange.

„Oh, Schatz, nur du würdest zu diesem Teil meiner Aussage eine Frage stellen. Machst du dir keine Sorgen darüber, dass ich deinen knackigen Hintern versohlen könnte?"

Er ließ einen Arm fallen und umfasste besagten knackigen Hintern, drückte ihn.

Auf meine Lippe beißend, schüttelte ich langsam den Kopf. Seine große Hand fühlte sich dort gut an. Der leichte Hauch von Schmerz, den sein fester Griff erzeugte, *hätte* mir Angst machen sollen, wie er annahm, aber stattdessen... begeisterte es mich.

Jack knurrte. „Meine Güte, Frau. Es ist Zeit, dich auszuziehen."

Oh, ja. Definitiv. Mit gierigen Fingern begann ich die Knöpfe meines Kleides zu öffnen, aber Jack stoppte mich mit seiner Hand. „Schatz, das ist meine Aufgabe. Deine Aufgabe ist es, deine wunderbaren Schenkel zu spreizen, wenn ich fertig bin."

Ich presse meine Hände gegen das kühle Holz der Tür und erlaubte Jack, zu tun, was er wollte.

Als die obere Schwellung meiner Brüste entblößt war, sagte Jack: „Ich habe mein ganzes Leben darauf gewartet."

Ich beobachtete, wie sich sein Kiefer zusammenpresste, als ein weiterer Zentimeter meines Körpers sichtbar wurde.

„Wir kennen uns erst seit gestern." Mir stockte der Atem, als seine Fingerknöchel über meine Haut strichen. Das war verrückt. *Wir* waren verrückt.

Er schüttelte langsam seinen Kopf, während er seinen Weg nach unten fortsetzte und mein cremefarbenes Korsett enthüllte. „Ich wusste, dass du irgendwo dort draußen bist. Ich hatte dich nur noch nicht gefunden. Ich hatte nur nicht erwartet, dass es direkt vor einer fahrenden Kutsche passieren würde." Den letzten Teil grummelte er, da er immer noch unglücklich über meine Sorglosigkeit war.

Mit großen Händen schob er den geteilten Stoff über meine Schultern.

Ich *sollte* mich schämen, da wir uns kaum kannten. Ich kannte Mr. Minken im Warenladen länger als Jack. Ich kannte den Schmied, den Mann im Mietstall, sogar den

Pfarrer meiner Kirche länger. Zur Hölle, die einzige Person, die ich weniger lang kannte, war der Hotelpage unten in der Lobby. Aber ich erlaubte keinem von ihnen, mich nackt auszuziehen und mich zu entjungfern. Das war alles für Jack und für Jack allein.

Zeit spielte dabei keine Rolle. Ich hatte gewusst, dass er der Eine war, als ich ihn zum ersten Mal erblickt hatte. Ich hatte ihn dort gewollt, mitten auf der staubigen Durchgangsstraße. *Er* war der Grund gewesen, warum ich an Ort und Stelle erstarrt war, als er aus der Badeanstalt gekommen und mir den perfekten Blick auf sich gewährt hatte, bevor er seinen Hut aufgesetzt hatte. Wenn er nicht dort gewesen wäre, hätte ich mich auf dem Gehweg in Sicherheit befunden. Aber nein. Ich hatte wegen seiner umwerfenden Gestalt und hübschem Gesicht praktisch gesabbert, während ich stocksteif stehen geblieben war. Erst als er auf die staubige Durchgangsstraße geeilt war, mich über seine Schulter geworfen hatte, als wäre ich ein Getreidesack, und mich von den galoppierenden Pferden und übergroßen Kutsche weggebracht hatte, hatte mein Verstand wieder eingesetzt.

Das hatte nur einen Augenblick angedauert, während dem ich mir der Gefahr, in der ich geschwebt hatte, bewusst geworden war, und *bevor* ich mein Kinn nach hinten geneigt hatte, um ihn anzuschauen. Als seine braunen Augen in meine geblickt hatten, war ich hoffnungslos verloren gewesen. Ich hatte ihm bereits da und dort gehört. Und jetzt spürte ich das beachtliche Gewicht von Jacks Ring an meinem Finger.

Er hatte erklärt, dass es der Ring seiner Mutter gewesen sei, ein Ring, den er überall mit sich genommen hatte. Es war ein kleines, greifbares Erinnerungsstück an sie, die, wie er erzählt hatte, gestorben war, als er noch klein gewesen war. Und jetzt gehörte er mir und ich trug ihn mit Stolz. Er schob mein Kleid nach unten über meine Hüften, sodass es sich um meine Füße bauschte und ich vergaß den Ring.

„Dr. Bower wird mich umbringen, wenn er hiervon erfährt."

Jack sah mich ehrfürchtig an, während seine Hände über mich glitten, eine Kurve nach der anderen. Es ziemte sich zwar nicht, ohne Kleid gesehen zu werden, aber ich trug immer noch meine Strümpfe, Schlüpfer, Korsett und Unterkleid. Der einzige entblößte Teil meiner Haut war mein üppiges Dekolleté, das aus dem Rüschensaum meiner engen Unterkleidung hervorquoll.

„Als Arzt hat er einen Schwur geleistet, niemandem Schaden zuzufügen." Ich saugte scharf die Luft ein, als eine schwielige Fingerspitze über die Rundung meiner Brüste glitt. „Außerdem sind es meine Miss Esther und Miss Trudy sowie meine vier Schwager, wegen denen du dir Sorgen machen solltest."

Bei der Erwähnung meiner großen Familie hob er seine dunklen Augen zu meinen. Ich würde eine Art Familienbaum erstellen müssen von den zwei Müttern, die mich und sieben andere kleine Mädchen nach dem Feuer in Chicago adoptiert und zu einer großen Familie gemacht hatten. Da Rose, Hyacinth, Dahlia und Daisy bereits verheiratet waren, wuchs der Clan ziemlich schnell.

„Glücklicherweise ist keiner von ihnen in Butte."

Ich konnte nicht anders als atemlos zu lachen. „Du bist hier der Pinkerton und kannst dich vor allem selbst beschützen. Ich würde doch meinen, dass du weißt, wie du einen Bären mit einer Gabel entmannen kannst."

Jack hatte mir erzählt, dass er für die Firma arbeitete, die bekannt war für ihre fähigen Detektive. Obwohl sie nicht offiziell das Gesetz vertraten, waren sie bekannt für ihre

Arbeit. Er hatte erwähnt, oft genug, dass er nur zwei Tage mit mir hatte, bevor er einen neuen Auftrag annahm. Unglücklicherweise unterlag er der Schweigepflicht und er weigerte sich, mir davon zu erzählen. Ich war mir nicht sicher, ob das zu meiner Sicherheit geschah, seiner Sicherheit oder aus einem ganz anderen Grund.

Er hatte mir erzählt, dass er eine Woche, vielleicht auch zwei, weg sein und dann zu mir zurückkehren würde. Ich konnte es *tolerieren*, für diese Dauer bei Dr. Bower zu bleiben. Jetzt da ich wusste, wie es sich anfühlte, Jack zu küssen, wollte ich überhaupt nicht von ihm getrennt sein. Ich beschwerte mich nicht, sondern küsste ihn einfach wieder.

„Ah, Schatz, das ist ein ziemliches Kompliment. Das ist eine Fähigkeit, die bisher nicht zum Einsatz kam...noch nicht. Eine weitere ist das Entkleiden meiner jungfräulichen Braut."

Ich schluckte, als er begann, die Streben meines Korsetts zu öffnen. „Wenn wir es ihm erzählen, lügst du vielleicht am besten und erzählst ihm die Bärengeschichte."

Das Korsett teilte sich und während ich erleichtert seufzte, weil ich wieder tief einatmen konnte, seufzte Jack ebenfalls. „Du trägst zu viele verdammte Klamotten."

„Du bist derjenige, der noch immer vollständig bekleidet ist. Ich bin mir sicher, dass – "

Als sich seine Hände hoben, um meine Brüste in seine großen Hände zu nehmen, unterbrach er mich: „Sag mir, Schatz, redest du immer so viel, wenn du nervös bist?"

Ich nickte nur zur Antwort, weil ich bei dem Gefühl seiner Hände auf mir jegliche Sprachfähigkeiten verloren hatte. Ich war noch *nie* zuvor so angefasst worden und er machte nicht einmal wirklich etwas...noch nicht. Ich wusste, was zwischen einem Mann und seiner Frau passierte – ich *war* immerhin der Lehrling des Stadtarztes und auf einer Ranch aufgewachsen. Ich hatte jedoch keinen blassen Schimmer gehabt, dass es sich so gut anfühlen würde. So, *so* gut.

„Dann lass uns deinen Mund beschäftigen", erwiderte er. „Auf deine Knie, Schatz."

Unter dem leichten Druck seiner Hände auf meinen Schultern – und mit einem leicht verwirrten Stirnrunzeln im Gesicht – sank ich auf meine Knie und schaute zu ihm hoch. So dunkel, so gut aussehend. Und er gehörte ganz allein mir.

Seine Finger öffneten geschickt seine Gürtelschnalle, dann seinen Hosenschlitz. Das Erste, was ich entdeckte, war, dass er keine Unterwäsche trug. Das zweite, was ich entdeckte, war, dass der Penis eines Mannes viel, viel größer war als ich es mir vorgestellt hatte. Oder zumindest Jacks war das.

„Nach deinem Gesichtsausdruck zu schließen, hast du noch nie zuvor einen Schwanz gesehen", knurrte Jack, während er den Ansatz umfasste. „Lass mich dich mit dem ersten – und einzigem – Schwanz, den du jemals zu Gesicht bekommen wirst, bekannt machen."

Er glitt mit der Hand von der Wurzel den Schaft hinauf, der dick war und bis nach oben von hervortretenden Adern umwunden war, dann ließ er ihn los. „Pack ihn."

Zögernd hob ich meine Hände und ergriff ihn, aber meine Hand war zu klein – oder er war einfach zu groß – um sich vollständig um ihn zu schließen. Er war heiß und seidig weich unter meiner Berührung. Er zischte und sagte: „Fester. Gutes Mädchen. Jetzt streichle ihn, wie ich es gemacht habe."

Ich ahmte seine vorherigen Bewegungen nach und spürte, wie er in meinem Griff pulsierte. Als er das tat, quoll ein Tropfen einer perlweißen Flüssigkeit aus dem kleinen Loch in der Spitze. „Das, Schatz, ist für dich. Leck es auf."

Meine Zunge schob sich zwischen meinen Lippen nach draußen, nervös und gleichzeitig gierig. Ich beugte mich nach vorne und leckte die salzige Essenz auf, aber sofort quoll ein neuer Tropfen hervor.

„Leck und streichle weiter. Ja, gut. Oh, so gut."

Ich fuhr fort, die breite Spitze mit meiner Zunge zu liebkosen und ich genoss den Anblick seines angespannten Kiefers, seiner geschlossenen Augen, während ich in sein Gesicht hinauf sah.

Er überraschte mich, indem er aus meinem Griff zurücktrat. Sein Schwanz war dunkler und noch dicker geworden und anstatt, dass ein einzelner Tropfen aus der Spitze quoll, rann nun ein Rinnsal Flüssigkeit über die breite Spitze.

„Auch wenn ich in einer meiner Fantasien in deinem unschuldigen Mund komme, will ich deine süße Pussy füllen, nicht deinen Bauch."

5

ILY

Er hob mich hoch, wirbelte mich herum und warf mich auf das Bett. Ich hüpfte einmal auf der weichen Matratze auf, wobei das Messinggestellt laut quietschte. „Ich kann jetzt schon sagen, dass die anderen Gäste *genau* wissen werden, was wir tun."

Mit einem Knie auf dem Bett krabbelte Jack zu mir, stützte seine Unterarme links und rechts neben meinen Kopf und sah auf mich hinab. Seine Hand strich mir die Haare aus dem Gesicht. Als er seine Hüften zwischen meinen niederließ, spürte ich, wie sich seine heiße Männlichkeit gegen meinen entblößten Oberschenkel presste.

„Habe ich dich nicht zufrieden gestellt?", fragte ich, weil ich mir Sorgen machte, dass meine mangelnde Kenntnis darüber, sein Glied in meinem Mund zu haben, ihn enttäuscht hatte. „Ich werde mir das nächste Mal noch mehr Mühe geben."

Mit seinem Daumen hob er mein Kinn an, sodass ich seinem dunklen Blick begegnete. „Schatz, wenn ich noch zufriedener gewesen wäre, würde ich jetzt mein Sperma von deinen Lippen wischen. Du hattest deine Kostprobe, jetzt bin ich dran."

Er küsste meinen Mund kurz – zu kurz, wenn er mich wirklich schmecken wollte – dann küsste er einen Pfad meinen Hals hinab, über mein Schlüsselbein, durch das Tal zwischen meinen Brüsten, an meinem Bauchnabel vorbei. Unterdessen fanden seine Hände den Saum meines Unterkleides und schoben es nach oben. Sein Mund landete auf der flachen Ausdehnung unterhalb meines Bauchnabels, Haut auf heißer Haut. Keine Baumwollschicht zwischen uns. Er sah meinen Körper entlang zu mir hoch, während er mein Höschen packte und zog, wodurch er mir den Stoff mühelos vom Körper riss. Das zerfetzte Kleidungsstück hielt er für mich hoch.

„Du kannst die hier entweder beim Ankleiden weglassen oder sie werden dir vom Leib gerissen und dir jedes Mal der Hintern versohlt, wenn ich herausfinde, dass du eines trägst."

Meine Augen weiteten sich bei seinem ernsten Tonfall, als er mein zerstörtes Höschen über seine Schulter warf.

„Keine Höschen?", quiekte ich, während ich darüber nachdachte, was er gesagt hatte. Nackt unter meinen Kleidern sein oder Schläge auf den Po. *Schläge auf den Po?* Warum machte diese Vorstellung meine Schenkel sogar noch feuchter?

„Keine Höschen." Er schob meine Schenkel weit auseinander und rutschte nach unten, sodass sein Gesicht direkt über meiner Weiblichkeit schwebte. Ich konnte seinen Atem auf meinem geheimen Fleisch spüren und versuchte, wegzurutschen. Sein Griff war jedoch zu stark und er grinste. „Jetzt darf ich von dir kosten. Du wirst jetzt kommen, Schatz, dann werde ich dich ficken."

Ich hatte keine Zeit darüber nachzudenken, da seine Nase gegen mich stupste, woraufhin meine Hüften zuckten. Sein Griff wurde fester, während ich daran dachte, dass er mich riechen würde. Oh, Gott, und schmecken! Er leckte meine Spalte entlang und ich schrie auf. Seine Hände wanderten nach innen und er nutzte seine Daumen, um mich zu spreizen. Daraufhin machte er sich mit seinem Mund an die Arbeit, erforschte jede Ecke und Winkel dieses Körperteils mit unverrückbarem Fokus.

Zuerst war es mir peinlich, dass er meine Erregung riechen würde, dass er mich sehr feucht und empfindlich vorfinden würde. Ich wunderte mich, was er wohl dachte, wie ich schmeckte, denn es bestand kein Zweifel, dass ich seine Zunge benetzte. Als er für einen Augenblick seinen Kopf hob und ich einen Blick auf ihn wagte, konnte ich sehen, dass mein...Eifer auch seine Lippen und Kinn benetzte und sie zum Glänzen brachte.

„Süß wie Honig. Vielleicht sollte ich dich Süße anstatt Schatz nennen."

Er machte sich wieder an die Arbeit und ich ließ meinen Kopf nach hinten fallen, meine Augen schlossen sich. Ich hatte mich zuvor schon mal spätnachts in meinem Bett berührt und meinen Höhepunkt erreicht, aber es war *ganz und gar* nicht mit dem hier zu vergleichen gewesen. Als sein Finger in mich glitt, konnte ich mich nur noch fallen lassen, mich ergeben und dem unterwerfen, was auch immer er mit mir tat. Und das war mehr als in Ordnung.

„Ich bin...oh, meine Güte." Ich ergriff Jacks dunkle Haare und zog, hielt ihn fest, als wäre er das Einzige, das mich davon abhielt davonzufliegen, während er mir die unglaublichsten Empfindungen verschaffte.

„Komm, Süße", sagte er, dann schnalzte er auf so besondere Weise mit der Zunge gegen diese Stelle, dass ich es tat.

„Jack!", schrie ich und grub meine Füße in die Matratze neben seinen Hüften. Ich zog mich um den einzelnen Finger, der geradeso in meinem Eingang kreiste und mich streichelte, zusammen. Es war die Gier, mehr, etwas Größeres in mir zu haben, die das Vergnügen hinauszögerte, sodass es länger durch mich pulsierte und strömte.

Irgendwie wusste Jack, wann ich fertig war. Vielleicht, weil ich meinen Griff in seinen Haaren gelockert hatte. Vielleicht, weil ich seine Schultern nicht länger mit meinen Schenkeln drückte. Vielleicht, weil ich nicht mehr seinen Namen schrie, sodass es die gesamte östliche Hälfte der Stadt hören konnte.

„Ich werde noch vor Ende des Jahres eine Glatze haben, Süße." Grinsend strich er sich mit einer Hand über die Haare. Mir entging nicht, wie feucht sein Mund war.

„Hör auf mich Süße zu nennen", grummelte ich, aber es war schwer, böse auf ihn zu sein, wenn er mir gerade so verdammt gute Gefühle bereitet hatte.

Er beugte sich über mich und küsste mich. Seine Zunge berührte meine und er schmeckte…anders. Mir wurde bewusst, dass ich mich selbst schmeckte. Er hob seinen Kopf, sah auf mich hinab und strich mit seinem Daumen über meine Lippen. „Keine Chance", entgegnete er. „Deine Pussy ist zu süß, als dass du anders genannt werden solltest."

Als er sich zurück auf seinen Po setzte, erspähte ich wegen seiner geöffneten Hose, wie sein Glied aus dem dunklen Haarbüschel emporragte. Er deutete direkt nach oben und stupste gegen seinen Bauch.

„Es ist an der Zeit, meinen Schwanz in dich zu stecken."

„Du machst das, während du noch deine Kleider trägst?", fragte ich. Er hatte nur die wichtigsten Körperpartien für den Akt entblößt, aber ich wollte alles von ihm sehen.

Sein Grinsen breitete sich auf seinem hübschen Gesicht aus, während er sich neben das Bett stellte. Langsam entledigte er sich seines Hemdes und seiner Hose, sodass er kurz darauf nackt vor mir aufragte. Oh, meine Güte. Ich betrachtete seine breiten Schultern, die feste Brust, die dunklen Haare mitten auf seiner Brust, die sich zu seinem Nabel hin verjüngten und dann in einer geraden, dünnen Linie direkt nach Süden verliefen zu seinem –

„Gefällt dir, was du siehst, Süße?"

Was ich sah, gefiel mir außerordentlich gut. Er war nur zu weit weg. Ich wollte seine gebräunte Haut überall berühren, mit meinen Händen über diese gewölbten und definierten Muskeln fahren. Ich wollte meine Hand wieder um ihn schlingen und ihn in meinen Fingern pulsieren fühlen. Aber am meisten wollte ich ihn tief in mir spüren. Ich fragte mich nur, wie er in mich passen würde.

„Ich kann sogar von hier sehen, dass du nachdenkst", sagte er und stemmte seine Hände in die Hüften. Dadurch wurde sein Glied nur noch weiter in meine Richtung gestoßen. „Ich habe eindeutig keine gute Arbeit geleistet, als ich deine perfekte Pussy verwöhnt habe."

Er stemmte ein Knie auf das Bett und packte meine Knöchel, zog mich langsam über das Bett zu sich. Meine Augen weiteten sich wegen des raubtierhaften Leuchten in seinen Augen.

„Jack, ich denke – "

„Siehst du? Du denkst." Anstatt meine Beine zu spreizen und dieses enorm große Stück Fleisch in mich zu drücken, drehte er mich auf den Bauch, schlang einen Arm um meine Taille und zog mich auf meine Knie. Ich hatte nur genügend Zeit, um über meine Schulter zu schauen, als seine Hand auch schon mit einem lauten Klatschen auf meinem Hintern landete.

„Jack!", schrie ich, dieses Mal in einem völlig anderen Tonfall. „Du hast mich geschlagen!"

Er tat es wieder, das Geräusch hallte durchs Zimmer. „Ich habe dir den *Hintern versohlt* und du hast es gebraucht."

„Das habe ich nicht", protestierte ich, aber er tat es wieder und wieder, bis ich zusammensackte und mich von ihm halten ließ.

Nach einem letzten brennenden Schlag sagte er: „So. Jetzt denkst du nicht mehr."

Als er seinen Griff löste, wandte ich mich rasch von ihm ab und zog mein Unterkleid nach unten über meine Schenkel, so weit es reichte, während ich vor ihm kniete, mein Hintern heiß und empfindlich.

Er deutete mit dem Kinn in meine Richtung. „Zieh das aus."

Ich blickte hinab auf meine letzte Körperbedeckung – die Strümpfe betrachtete ich nicht als hilfreich, wenn es um meine Sittsamkeit ging – und bemerkte, dass sich meine Brüste deutlich durch den dünnen Stoff abzeichneten und ich die harten Spitzen meiner Nippel hervorstechen sah. Ich löste den Griff um den Saum und verschränkte die Arme vor der Brust.

Als ich bemerkte, dass sich Jacks Augen verdunkelten und sich anschließend seine Braue hob, wurde mir bewusst, dass ich meinen Busen nur noch mehr betont hatte, anstatt ihn zu verstecken. „Ich hatte noch vor einer Minute meinen

Kopf zwischen deinen Beinen, Süße. Was hat dich jetzt so aufgeregt?"

„Du hast mir den Hintern versohlt", erwiderte ich, denn ich hielt meine Wut für gerechtfertigt. Ich konnte nichts dafür, dass sich mein Körper nach diesem Mann sehnte. Es ging hier ums Prinzip.

„Ja, und wie ich bereits sagte, hast du es gebraucht. So wie du dich verhältst, wirst du noch öfter über mein Knie gelegt werden müssen. Ich schätze, ich war gerade zu sanft mit dir."

Mein Mund klappte auf. „Du wirst das nicht noch einmal machen!", widersprach ich, während ich versuchte so empört auszusehen, wie ich klang. Das funktionierte nicht gerade gut, weil ich ein Gespräch mit einem nackten Mann führte.

Er griff nach mir und ich machte einen Satz weg von ihm. Ich erhaschte noch einen Blick auf sein Grinsen, bevor ich hochgehoben und über einen starken Schenkel gelegt wurde. Sein hartes Glied drückte in meinen Bauch. Ich begann mich zu winden und er legte sein anderes Bein über meine beiden.

Er verschob mich so, dass mein Oberkörper neben ihm auf dem Bett lag.

„Wenn ich dir den Hintern versohle, wirst du normalerweise mit dem Gesicht nach unten hängen und die Hände auf den Boden stützen. Aber da wir es nicht brauchen können, dass das ganze Hotel erfährt, was sie nichts angeht, kannst du dieses Mal deine Laute in der Decke ersticken." Er schob mein dünnes Unterkleid nach oben und streichelte mit seiner Hand über meinen Po.

Er wartete nicht, bis ich antwortete, ihn infrage stellte oder auch nur zusammenzuckte. Das war kein schneller Klaps oder zwei. Das waren konstante, gleichmäßige

Schläge. Seine Hand klatschte überall auf meinen Hintern und die obere Hälfte meiner Schenkel. Sie waren nicht übermäßig fest, aber ein heißes Kribbeln breitete sich auf meiner Haut aus.

Ich erstickte meine Geräusche in der Decke, wie er es gesagt hatte. Ich war fuchsteufelswild, dass er mich so positioniert hatte und ich so behandelt wurde, aber die sengende Hitze verwandelte sich in etwas anderes. Ich bemerkte, dass sich mein Körper bei jedem Schlag entspannte und ich seufzte.

„Das ist es, Süße. Lass dich fallen. Es gibt nichts, über das du nachdenken musst, außer dem, was ich mit dir mache."

Er verpasste mir einen letzten Schlag, bevor er seine Hand zwischen meine Schenkel schob und mich feucht vorfand. Ich versuchte, meine Beine zusammenzupressen, aber mit seiner anderen Hand gab er mir noch einen Klaps. „Lass. Dich. Fallen."

Ich sank wieder zusammen, während er mit mir spielte.

„Du läufst förmlich aus. Dir gefällt es und du kannst es nicht leugnen."

Er glitt mit seinen Fingern über jeden Zentimeter von mir, den er zuvor mit seiner Zunge liebkost hatte. Anschließend tauchte er einen Finger in mich und ahmte die Bewegung nach, von der ich wusste, dass sie schon bald sein Glied machen würde.

„Das genau hier, Süße, gehört mir." Er stupste gegen mein Jungfernhäutchen und ich zuckte zusammen. „Du sollst an nichts anderes denken als meinen Schwanz, der dich bis zum Anschlag füllt. Ich kann dir jederzeit weitere Schläge auf den Hintern geben, falls du noch ein wenig Hilfe brauchst."

Ich sagte kein Wort, sondern hob lediglich meine

Hüften seinem forschenden Finger entgegen. Ich zuckte zusammen, als er auf meinem Jungfernhäutchen Kreise beschrieb und dagegen drückte.

„Ich werde jetzt mit meinem Finger dein Jungfernhäutchen durchbrechen, mir den Weg ebnen, damit ich dir nicht wehtue."

Ich hatte gehört, dass es schmerzhaft wäre, wenn es zerriss, aber es machte den Anschein, als würde Jack alles in seiner Macht unternehmen, damit das nicht passierte. Sicherlich würde sein Glied die Membran ohne jegliche Präzision durchbrechen.

„Das ist es. Mir gefällt es, wenn du meinen Finger drückst. Ich werde es lieben, wenn du das mit meinem Schwanz machst. Nur noch ein bisschen weiter." Er setzte seine Aufmerksamkeiten fort, stupste, zog sich zurück, kreiste, drückte wieder gegen mein Jungfernhäutchen, bis sein Finger plötzlich vollständig in mich glitt.

Er stöhnte, während ich in die Decke keuchte. „Du gehörst mir, Süße. Ganz mir."

Sein Finger berührte mich an ganz neuen Stellen. Tiefen Stellen. Sehr sinnlichen Stellen. Nichts war dort jemals zuvor gewesen, nicht einmal meine eigene Hand. Sanft, so unglaublich sanft, bewegte er den Finger rein und raus. Es tat nicht wirklich weh, aber es war unangenehm. Ich wurde gedehnt, mein zartes Gewebe leistete Widerstand. Aber Jack wusste, was er tat und ich konnte nicht anders, als ihm meine Hüften entgegen zu wölben, sie kreisen zu lassen und gegen seine Hand zu drücken.

„So gierig, Süße. So ein verdorbenes Mädchen."

Ich *hätte* seine Worte hassen sollen, aber sie entsprachen der Wahrheit. Ich begann seinen Finger zu reiten. Mein Körper erhitzte sich, meine Haut wurde schweißnass und mir war es mittlerweile egal, dass er mir den Hintern versohlt hatte. Zur Hölle, er konnte es wieder tun, wenn er wollte, solange er danach wieder seinen Finger in mich einführte.

Er zog seinen Finger mit einem feuchten Geräusch aus mir und brachte mich in eine aufrechte Position, aber dennoch zwischen seine Beine. Durch ein einfaches Hochheben und Werfen segelte mein Unterkleid zu Boden. Er nahm sich einen kurzen Moment, um seinen Blick zu meinen Brüsten huschen zu lassen, bevor er mich auf dem Bett auf den Rücken legte. Er beeilte sich, aber war dennoch zärtlich. Ich war mir nicht sicher, ob er das tat, weil er Angst hatte, ich würde wieder anfangen, mit ihm zu streiten, oder weil sein Schwanz eine sehr intensive pflaumenlila Farbe angenommen hatte. Als er wieder auf einem Unterarm ruhte, drängte er meine Schenkel weit auseinander und ließ sich zwischen ihnen nieder. Dieses Mal stupste sein Schwanz nicht gegen meinen Schenkel, sondern positionierte sich direkt an meiner Mitte und, nach einer kurzen Positionsänderung, drückte er direkt gegen meinen feuchten Eingang.

„Lily", sagte er.

Sein Tonfall war tief und rau. Seine Augen waren klar und voller Begehren. Sein Kiefer war angespannt und kantig. Sein Schwanz war hart und entschlossen. „Ich würde ja sagen, dass es kein Zurück mehr gab, als mein Finger dein Jungfernhäutchen durchbrochen hat. Ich würde sogar sagen, dass es kein Zurück mehr gibt, wenn mein Schwanz dich erst einmal füllt und dich zu der Meinen macht. Aber in Wahrheit gab es schon ab dem ersten Moment, in dem ich dich erblickte, kein Zurück mehr."

Ich konnte die Tiefe und Aufrichtigkeit seiner Worte nicht fassen, denn ich empfand genauso. In der einen Minute hatte ich wütend die Durchgangsstraße überquert, von meinen rasenden Gedanken völlig von der Welt abgelenkt; in der nächsten hatte ich mich in den Armen des Mannes meiner Kindheitsträume befunden – obwohl ich mir nie ausgemalt hatte, was für einen erfreulichen Anblick er nackt bot. Er hatte recht. Ab dem Moment, in dem er mich gerettet hatte, hatte es kein Zurück mehr gegeben. Ich würde sogar die Zeit, in der er zum Arbeiten wegging, in Dr. Bowers Haus verbringen, weil er so wusste, dass ich einen gewissen Schutz hatte, indem ich dort blieb. Außerdem wäre es dumm, in einem Hotelzimmer zu wohnen, während er fort war. Wenn ich bereits in Dr. Bowers Haus vor Langeweile durchdrehte, würde ich in einem Hotel sicherlich die glatten Wände hochgehen.

Ich konnte kein Wort sagen. Er hatte alles gesagt, also nickte ich einfach nur. Mit einem langsamen Stoß seiner Hüften glitt er in mich, einen Zentimeter nach dem anderen. Ich drückte gegen seine Schultern und versuchte, mich zu winden. Obwohl ich feucht war und er mich zum Höhepunkt gebracht hatte und er bereits mein Jungfernhäutchen durchbrochen hatte…er war *groß*.

„Jack, es ist zu groß. Dein Glied, es ist so riesig."

Er grinste, aber nicht mit der gleichen Leichtigkeit wie zuvor. Stattdessen lag eine starke Anspannung darin. „Komplimente sind nicht mehr nötig, Süße. Ich hab bereits gesagt, dass du die Meine bist."

Arroganter kleiner Drecksack.

„Sag so etwas nicht, wenn du nicht willst, dass dir der Hintern versohlt wird", knurrte er. Hatte ich das laut ausgesprochen? „Wenn du über ihn sprechen willst, kannst du Schwanz sagen. Es ist kein Glied, es ist mein Schwanz. Mein Schwanz fickt deine Pussy."

Er sprach, als ob er einem kleinen Kind das Lesen beibrächte. *Mary und Jane spielten mit einem Ball.*

„Sag es", widerholte er.

„Schwanz", grummelte ich.

„Sag den ganzen Satz."

Ich verdrehte die Augen. „Dein Schwanz fickt meine Pussy."

„Du bist so ein gutes Mädchen, wenn du versaute Sachen sagst. Jetzt atme tief ein und wieder aus."

Er verharrte währenddessen regungslos.

„Entspann dich. Das ist es. Du bist so feucht, dass ich ganz leicht in dich gleite."

Das entsprach nicht meinem Empfinden.

Er zog sich zurück und glitt wieder in mich, dieses Mal ein bisschen tiefer.

„Zieh deine Knie an. Gut. Jetzt wollen wir mal schauen, ob das hier helfen könnte."

Ich wusste nicht, was helfen würde, seinen…Schwanz vollständig in mich einzuführen, aber als er seinen Kopf senkte und meinen Nippel in den Mund nahm, wusste ich, dass er erfolgreich sein würde. Mein ganzer Körper wurde bei dem heißen Funken, den das Saugen seines Mundes erzeugte, weich. Ich bäumte mich auf, drückte ihm meine Brust entgegen, während ich mich entspannte. Ohne sich viel Mühe geben zu müssen, glitt er nach Hause.

Ja, das war es, wo er war. Zu Hause. Ich fühlte mich so verbunden mit ihm.

Ich war mir nicht sicher, ob ich vor Lust keuchte, weil ich zum ersten Mal gefüllt wurde oder weil seine Zähne über die Spitze meines Nippels kratzten. Er hob seinen Kopf und sah auf mich hinab, während mir seine Hand wieder einmal die Haare aus dem Gesicht strich.

„Siehst du? Ich passe." Er begann sich zurück zu ziehen.

Ich packte seine Flanken. „Nein! Verlass mich nicht."

Er senkte seinen Kopf und küsste meinen Mund. „Ich werde dich niemals verlassen, Süße."

Seine Worte rissen mich aus dem lustvollen Nebel. „Du verlässt mich morgen."

Ein Pinkerton zu sein, war sein Job, seine Aufgabe, und ich musste ihn gehen lassen. Ich *wollte* es nicht, aber ich musste. Ich verstand besser als jeder andere das Verlangen, jeden Tag für eine Aufgabe aufzuwachen.

Er erstarrte über mir. „Das werde ich." Er senkte seinen Kopf und stupste gegen meinen Hals. „Während ich weg bin, denk an das hier, denk an mich genau hier, tief in dir vergraben. Hierher gehöre ich. Hier ist mein Zuhause."

Ich zog mich um ihn herum zusammen, als ich realisierte, dass er das Gleiche dachte wie ich. Er *fühlte* das Gleiche wie ich.

„Versprich mir, Lily, dass das hier echt ist, ganz egal, was du hörst, während ich weg bin. Ich komme zurück. Das hier ist der einzige Ort, wo ich sein möchte. Bei dir. In dir."

Er benutzte meinen echten Namen. Er tat das nur sehr selten, was die Ernsthaftigkeit seiner Worte verdeutlichte. Ich blickte in seine dunklen Augen. „Ja. Zuhause", wiederholte ich, dann beschloss ich, mich ihm ein weiteres Mal hinzugeben. Wir hatten die ganze Nacht und ich würde sie nicht ruinieren. „Ist das etwa alles? Bist du fertig?"

Sein Mundwinkel bog sich nach oben. „Kaum. Oh, die Dinge, die ich mit dir vorhabe." Er knurrte an meinem Hals, als er begann sich hingebungsvoll zu bewegen.

Wir hörten beide auf zu reden. Er brachte mich nicht nur einmal, sondern zweimal zum Höhepunkt, bevor er sich in mir ergoss, seinen Samen in mich spritzte, meine Wände auskleidete und aus mir glitt. Da verließ er mich nicht, auch nicht als er mich in seine Arme zog. Er verließ mich auch später nicht, als er mich wieder nahm, dann ein weiteres Mal kurz vor der Morgendämmerung.

Er war allerdings weg, als ich schließlich aufwachte und die Sonne hell und hoch am Himmel stand. Die Pflicht rief und ich kehrte nach Hause zu Dr. Bowers Haus zurück. Der einzige Beweis dafür, dass ich Jack geheiratet hatte, war der Ring an meinem Finger und die klebrige Wundheit zwischen meinen Schenkeln.

6

ACK

Ich holte Benson und seine Männer eine Woche, nachdem ich Butte verlassen hatte, ein. Eine Woche, nachdem ich die Wärme des Bettes, das ich mit Lily geteilt hatte, und die Wärme von Lilys Körper verlassen hatte. Das war das Schwierigste gewesen, was ich jemals hatte tun müssen – sie verlassen. Ich wusste, dass sie mich hassen würde, wenn die Zeitungen die Geschichte darüber abdruckten, wie ich den Zug ausgeraubt und einen Lokführer getötet hatte und mit einer Metallbox voller US-Geld geflohen war. Zur Hölle, wenn ich in irgendeinem Saloon in Bozeman davon gehört hätte, dann eine Zeitung gefunden hätte, wäre mir schlecht geworden. Ich hätte mich ebenfalls gehasst. Ich konnte mir nur ausmalen, was sie von mir dachte.

Es war kein Problem gewesen, den gesamten Auftrag geheim zu halten, als ich niemanden gehabt hatte, dem ich es hätte erzählen können. Ich hatte nicht erwartet, dass ich das Treffen verlassen und im Anschluss meine zukünftige Frau kennenlernen würde. Ich hatte nicht erwartet innerhalb eines Tages zu heiraten. Ich hatte mein Wort gegeben, dass ich über die Vereinbarung schweigen würde, aber es war fast unmöglich gewesen, es vor Lily geheim zu halten. Ich hatte ihr erzählt, ich würde spätestens in zwei Wochen zurückkommen, aber ich hatte bereits die halbe Zeit gebraucht, um Benson aufzuspüren.

Fuck, sie hasst mich. Es gab keine andere Möglichkeit. Ich hatte sie geheiratet und gefickt, gut und hart, und sie dann verlassen. Und all das in nur zwei Tagen. Den besten zwei Tagen meines Lebens. Jetzt, jetzt war ich ein Gesetzesbrecher – ein gesuchter Mann – auf der Flucht mit Benson und half ihm seinen nächsten Raubüberfall zu planen und zu schmieden. Der ganze Auftrag hätte ungefähr eine Woche dauern sollen, aber er zog sich dahin. Und dahin. Ich hätte ihn einfach erschießen sollen. Dann hätte ich sofort zu Lily zurückkehren können, aber das war nicht das, was die Kupferkönige wollten. Ich hätte ihn nicht einfach mit einem Seil fesseln und zum nächsten Sheriff schleifen können, denn dann wäre ich wahrscheinlich selbst erschossen worden, da jeder im Territorium mittlerweile gehört hatte, wie erbarmungslos und gefährlich Eli Pike war. Ich, Eli Pike, der unechte Gesetzlose.

Ich hatte ihr geraten, zurück zu ihrer Familie und zur Lenox Ranch zu gehen, aber sie hatte sich geweigert. Sie hatte sich dazu entschieden, bei Dr. Bower in Butte zu bleiben, da es weniger als zwei Wochen sein würden. Aber jetzt, da ich wusste, dass sie mich wahrscheinlich hasste, war ich mir sicher, dass dort vier sehr wütende Schwager auf meine Rückkehr warten würden. Ein Arzt mit einem

Skalpell wäre da noch meine geringste Sorge. Scheiße, einer ihrer Schwager *war* Arzt.

Wir saßen um ein hastig errichtetes Feuer unter einer Pappel am Ufer des Jefferson Rivers. Der Wind wehte stark genug, dass der Rauch davongeblasen wurde, wodurch wir relativ schlecht auszumachen waren. Indianer und Fährtensucher wie ich könnten den Geruch des Feuers ohne Weiteres aus einer Entfernung von einer Meile wahrnehmen, aber ich nahm an, dass die Indianer so schlau waren, sich von dieser Gruppe fernzuhalten. Die Luft war warm, sogar heiß, nach einer Reihe kühler Nächte. Sommer im Territorium bedeutete nicht unbedingt gutes Wetter, aber wenigstens hatte es nicht geregnet, mit Ausnahme eines Gewitters an einem Nachmittag. Dennoch war ich müde und wütend ohne Ende auf diese Männer.

„Zieh deinen Kopf aus'm Arsch und kundschafte den Tagesablauf der Bank aus."

Bensons Stimme, rau vom Rauch und einem harten Leben, zerrte an meinen Nerven, vor allem wenn er Forderungen an mich stellte. Ich musste all meine Willenskraft aufbringen, um ihm nicht in den Rücken zu schießen, während er in die Büsche pisste. Warum der Oberstleutnant nicht einfach jemanden dazu abgeordnet hatte, mir zu folgen und ihn zu verhaften, wusste ich nicht. Der Plan der Männer war gut gewesen – Benson auf frischer Tat bei einem Verbrechen ertappen, damit keine Chance bestand, dass er einer Verurteilung entkam – aber nach zwei Wochen mit dieser Gruppe glaubte ich, dass das nicht nötig war. Ich hatte genug Beweise, um jeden Richter im Territorium von seiner Schuld zu überzeugen. Aber wo war die Kavallerie?

Unglücklicherweise saßen die Kupferkönige in ihren prächtigen Villen und warteten auf Nachricht bezüglich des

Zeitpunktes und Ortes des nächsten Überfalls. Erst, wenn ich diese Nachricht schickte, würde der Oberstleutnant seine Männer bereit machen. Erst, wenn der Überfall erledigt war und Benson festgenommen wurde, würde es mir freistehen, zurück zu Lily zu gehen, falls sie mich dann noch wollte. Ich war zu lange weggewesen, meine falsche Identität zu tiefgreifend. Meine Angst, dass sie mir die Tür vor der Nase zuschlagen würde oder dass Dr. Bower oder der Arzt-Schwager mit ihrem Skalpell vor mir herumfuchteln und versuchen würden, mir bei lebendigem Leib die Haut abzuziehen, machte mich reizbar und nervös.

Ich biss auf meine Zunge, damit ich meine falsche Identität nicht preisgab. Da wir uns für ihren – unseren – nächsten Überfall auf die Stadt Bozeman konzentrierten, auf die Bank am Stadtrand, war ich nervös und begierig, alles zum Ende zu bringen.

„Setz Morgan auf diesen Scheiß an", entgegnete ich, während ich es mir auf dem Boden bequem machte und meinen Kopf auf meinen Sattel legte. Indem ich meinen Hut über die Augen zog, hoffte ich, mehr als nur die Sonne auszusperren. Ich konnte nicht mehr einfach allem zustimmen, was er sagte. Auch wenn Benson rücksichtslos war – ich bangte jede Nacht, wenn ich die Augen schloss, um mein Leben – so war doch *ich* derjenige, der einen Zug ausgeraubt hatte. Benson hielt sich an Banken. Ich war von einem anderen Schlag, einem härteren Schlag Gesetzloser, und ich durfte das nicht vergessen. Er erwartete ein Arschloch mit einem Ego der Größe des Montana Territoriums und genau das würde ich ihm auch bieten. Würde ich mich anders verhalten, würde ich als Hochstapler entlarvt werden.

Benson hatte zwei Handlanger, Morgan und Crumb. Sie waren groß und dumm, mehr Muskeln als Gehirnmasse, was sie gefährlich machte. Sie besaßen Pistolen und wussten mit ihnen umzugehen. Morgan hatte auch eine Vorliebe für das Messer, das er in einer Scheide an seiner Hüfte trug. Er reinigte damit gerne seine Fingernägel.

„Wir sollten alle hingehen und die Stadt auskundschaften", erwiderte Morgan. Ich hörte, dass sein Messer über ein Stück Brennholz kratzte. Er hatte es sich zur Gewohnheit gemacht, in den ruhigeren Stunden zu schnitzen, und das Geräusch bot eine konstante Erinnerung daran, dass er bewaffnet und gefährlich war. „Außerdem werden meine Eier abfallen, wenn ich mir keine Frau besorge."

Benson und Crumb glucksten beide über Morgans Worte. Ich dachte an Lily, ihre perfekten rosa Nippel, die Laute, die sie von sich gab, wenn sie kurz vor dem Höhepunkt stand, das Gefühl, wie sie meinen Schwanz molk, wenn sie kam. Diese Gedanken sorgten dafür, dass ich meinen Schwanz in der Hose verlagern musste. Das musste ich nicht vortäuschen.

„Schön. Wir gehen alle", verkündete Benson mürrisch. „Pike, du warst schon mal in Bozeman."

Der Name, unter dem er mich kannte, war Eli Pike. Ich war mittlerweile daran gewöhnt, aber das bedeutete nur, dass ich zu viel Zeit mit diesen Mistkerlen verbracht hatte.

„Vor sechs Monaten", erzählte ich ihnen, wobei ich den Hut nicht von meinem Gesicht nahm. „Kälter als die Pussy einer Pfarrersfrau."

Innerlich stöhnte ich über meinen widerwärtigen Witz, von dem ich aber wusste, dass er die anderen zum Lachen bringen würde.

„Drei Tage. Wir werden drei Tage lang die Stadt erkunden, dann holen wir die Pistolen raus."

Drei Tage. Meine Fresse, wie viel länger konnte das noch

dauern? Ich stand kurz davor, mir vor Ungeduld die Haare auszureißen. Wussten sie nicht, dass eine kesse Frau auf mich wartete? Ich brauchte keine Frau in Bozeman, ich hatte eine in Butte. Scheiße. Drei Tage. Das hier könnte in dieser Zeit schon längst vorbei sein, aber meine Chancen bei Lily ebenfalls. Bis dahin musste ich mich an die Hoffnung klammern, dass sie mich noch immer wollen würde.

LILY

Ich hatte zwei Stunden lang in dem Hotelbett gelegen, da ich zuerst gedacht hatte, dass Jack nur gegangen war, um uns Frühstück zu holen. Vielleicht auch um mit dem Mann am Empfang zu reden. Oder vielleicht um ein Bad zu nehmen. Aber dann überkam mich das Bewusstsein, dass er wirklich nicht zurückkommen würde. Ich war so lange auf mich allein gestellt gewesen, dass ich mich nicht so verloren hätte fühlen sollen, so einsam, nachdem ich Jack erst seit zwei Tagen kannte. Es war, als wäre ich ein Bergarbeiter, der bei einem Einsturz eine Extremität verloren hatte. Die Erinnerung an den fehlenden Arm oder Bein blieb, sowie eine kribbelnde Empfindung, wo es sich befunden hatte.

Seltsamerweise empfand ich genauso. Die Erinnerung an Jack war so machtvoll, dass sie mir den Atem aus den Lungen presste. Ich hatte Beweise, dass er hier gewesen war: die kribbelnde Wundheit tief in mir und sein getrockneter Samen auf meinen Schenkeln. Nichts davon brachte ihn allerdings zurück. Daher war ich zurück zum Haus gegangen und hatte mit meinem Leben dort weitergemacht, wo ich aufgehört hatte – Verbände kaufen, Steak aussuchen, das Dr. Bower gerne zum Abendessen aß, ich hatte sogar größere Gegenstände direkt vom Zug abgeholt. Ich war mehr als ein Lehrling für ihn. Ich war seine Haushälterin – da Mrs. Reading nicht einmal Halbzeit arbeitete – Zimmermädchen, Gastgeberin und Dienerin. Das Einzige, was ich mit ihm tun wollte – mich um Patienten kümmern – wurde mir jetzt verwehrt. Dauerhaft.

Ich hatte Dr. Bower diesbezüglich befragt, nachdem Jack gegangen war. „Warum lehnen Sie meine Hilfe ab, wenn Sie Hausbesuche machen?"

Ich hatte ihm gerade sein noch zartrosa Roastbeef serviert und meine Hand über meinen Mund gelegt, um ein Würgen wegen des Geruchs zu unterdrücken. Seltsam, aber irgendetwas stimmte diese Woche mit dem Fleisch nicht. Da er jedoch nicht krank geworden war, machte ich mir keine Sorgen.

Dr. Bower sah von seinem Teller hoch, wobei er Messer und Gabel wie Operationswerkzeuge in den Händen hielt. „Ich dachte, ich hätte mich da klar und deutlich ausgedrückt."

Er war Ende vierzig, ein überzeugter Junggeselle, seit seine Frau vor zehn Jahren gestorben war. Er hatte nie eine spezifische Frau in der Stadt aufgesucht, obwohl ich jetzt, da ich von den niederen Bedürfnissen eines Mannes wusste – Jack schien besonders viril zu sein – nicht daran zweifelte, dass er sich im Geheimen mit ein oder zwei Frauen traf. Das war für mich völlig in Ordnung.

„Sie haben lediglich klargemacht, dass ich nicht mitkommen dürfe", entgegnete ich, setzte mich ihm gegenüber an den Tisch und legte die Serviette mit Präzision auf meinen Schoß.

Er durchbohrte mich mit seinem klaren, dunklen Blick.

„Ein Bergarbeiter hat eine Bemerkung über dich gemacht und ich weigere mich, dich ihm auszusetzen oder irgendjemandem wie ihm. Die Minen sind für dich kein sicherer Ort mehr."

Ich wunderte mich, was für eine Bemerkung es wohl gewesen war, aber ich fragte nicht nach. Was auch immer es gewesen war, es hatte Dr. Bower so verärgert, dass er mich von etwas verbannt hatte, zu dem ich ausgebildet worden war. Auch wenn ich natürlich kein Arzt war, hatte er mich zum Assistenten eines Arztes ausgebildet. Ich wurde von dem Wissen besänftigt, dass er mich nur beschützen wollte und dass sein Verbot aus einer Art väterlichem Schutzbedürfnis heraus entstanden war.

„Es muss doch ein paar Fälle geben, die Sie für sicher halten." Ich spießte ein Stück gedämpfter Kartoffel mit meiner Gabel auf.

„Wenn ich ehrlich bin, Lily, wäre es mir lieber, wenn du heiraten würdest", sagte er und aß ein Stück von seinem Rind.

Ich hatte ihm nicht erzählt, dass ich Jack geheiratet hatte. Er war nicht in der Stadt gewesen, als wir geheiratet hatten und er würde nicht gerade begeistert darüber sein, dass ich über so etwas so...enthusiastisch war. Er würde mich für impulsiv und respektlos und vielleicht sogar flatterhaft halten und mich nie wieder mit zu irgendeinem Patienten nehmen. Obwohl ich fand, dass ich jetzt, da ich eine verheiratete Frau war, anders war – mein Körper schmerzte nach wie vor von Jacks Zuwendungen – hatte Dr. Bower keinen Kommentar dazu gemacht. Ich ging davon aus, dass es nicht offenkundig war, dass ich entjungfert und genommen worden war oder rechtsgültig verheiratet war. Ich hatte meinen Ring an meine rechte Hand gesteckt, nachdem ich ihn von der Linken genommen hatte, aber er hatte es nicht bemerkt. Er war so in seiner eigenen Welt versunken, dass ich bezweifelte, dass er es jemals tun würde.

Ich konnte ihm jetzt nicht von Jack erzählen, denn wie sollte ich irgendeine Frage, die er mir stellen würde, beantworten? Ich wusste nicht, wo er war. Ich wusste nur, dass er ein Pinkerton war und dass er gerade einen Auftrag erledigte. Ich wusste nicht, wann er zurückkommen würde. Er hatte gemeint, er wäre höchstens zwei Wochen weg. Ich könnte so lange ohne ihn überleben. Oder nicht? Mein Körper verzehrte sich nach seinem. Er hatte mir genug über Sex beigebracht, dass ich es wollte. Mehr. Die ganze Zeit. Mit Jack. Ich stöhnte innerlich. Es würden zwei lange Wochen werden.

Im Hinterzimmer der Metzgerei fand ich in einem scharfen Messer und einem Stück Rind oder Lamm ein Ventil für meine schlechte Laune. Es half aber auch nicht übermäßig viel, da ich mich dadurch nur noch fremder von den Damen in der Kirche fühlte, denn ich ließ mich nicht darüber aus, dass ich geheiratet hatte. Was hätte ich ihnen auch erzählen können? Ja, ich habe einen Mann geheiratet, den ich gerade erst kennengelernt habe und jetzt hat er mich verlassen. *Das* würde dem Feuer der Tratschtanten nur noch mehr Nahrung geben. Deswegen behielt ich Jack für mich. *Blieb* für mich. Ich ballte die Fäuste und spürte, wie mein Ring in meine Haut drückte, erinnerte mich. Erinnerte mich daran, dass ich zu jemandem *gehörte*.

Jetzt konnte ich nur noch auf die Rückkehr dieses Jemand warten.

———

Eine Woche später lief ich an der Straße an einem Jungen

vorbei, der Zeitungen verkaufte. Normalerweise schenkte ich dem nie viel Beachtung, aber ich stoppte abrupt, als ich seine laute Ankündigung hörte. „Pike hat wieder zugeschlagen! Bösewicht überfällt Zug! Mord und Totschlag!"

Ich hatte schon von Gesetzlosen gehört. Im Montana Territorium zu leben, ging nun mal mit wildem Gebaren einher. Tödlichem Gebaren. Aber es waren immer Menschen gewesen, die ich nicht gekannt hatte, Gesichter auf Gesucht-Plakaten, die ich nicht erkannt hatte. Der Mann auf der Titelseite der Zeitung war jedoch kein Fremder. Nein, er war alles andere als ein Fremder, er war mein Ehemann.

Ganz plötzlich war mir furchtbar heiß. Kleine schwarze Punkte tanzten vor und über Jacks Ebenbild. Mein Herz hämmerte mir in der Kehle und ich schwöre, es setzte einen Schlag aus. Nein, es hatte die Arbeit völlig eingestellt. Blind stolperte ich zu einem Laternenpfahl und umklammerte ihn mit kalten Fingern. Jack hatte einen Zug überfallen? Während ich auf die Zeitung hinabstarrte, wartete ich darauf, dass die Worte auf der Seite scharf wurden, aber mir wurde bewusst, dass die Tränen in meinen Augen alles verschwimmen ließen.

Mit meinem Handrücken wischte ich sie weg, suchte nach einer Münze für den Jungen und nahm die Zeitung. Ich faltete sie sorgsam, sodass Jacks Bild nicht sichtbar war, während sie aus meinem Korb ragte. Ich holte tief Luft, dann noch einmal und riss mich zusammen. Ich eilte nach Hause, denn ich hatte Angst, den Artikel auf der Straße zu lesen. Dr. Bower war nicht hier, Gott sei Dank, weshalb ich die Treppe zwei Stufen auf einmal erklimmen– eine schwierige Angelegenheit in einem langen Rock – und die Tür mit einem nicht gerade damenhaften Knall zuschlagen konnte. Ich atmete schwer, während ich den Artikel Wort für Wort las.

Gesetzloser Eli Pike, bekannt für seine waghalsigen und tödlichen Eskapaden in Colorado und Kansas, ist ins Montana Territorium gezogen. Anscheinend hat es ihn in die reichste Stadt der Welt und zu der Geldkassette auf dem Zug aus Bozeman gezogen. Das riskante Verbrechen wurde verübt, gerade als der Zug den Homestake Pass erreicht hatte, wo er natürlich mit der geringsten Geschwindigkeit fuhr. Ein kluger Schachzug. Pike stoppte den Zug nicht einmal, sondern sprang auf und bedrohte die Wachen, die die große Geldsumme begleiteten, mit seiner Waffe. Die Höhe der Summe ist zwar unbekannt, aber es wurde publik gemacht, dass sie dem Besitzer der ortsansässigen Zeitung (dem Boss dieses Autors) gehörte. Es muss also nicht erwähnt werden, dass wir alle erpicht darauf sind, zu erfahren, ob unsere Jobs weiterhin sicher sind oder ob Sie andernorts von weiteren Verbrechen dieses Mannes lesen werden, falls die Zeitung untergeht.

Ich verdrehe die Augen über die gewitzten Worte des Journalisten. Es brauchte mehr als einen Zugüberfall, damit eine Zeitung Pleite ging.

Diebstahl ist jedoch nicht das einzige Verbrechen des Mannes, da ein Lokführer, ein Mr. Ralph Baker, in dem Tumult eines Schusswechsels getötet wurde, bevor Pike mit der Geldkassette entkommen konnte. Dieser Reporter hier wird sie auf dem Laufenden halten, wenn neue Informationen ans Licht kommen.

Über diesem verdammenden Text prangte ein Bild, das Jack bis hin zu der kleinen Narbe in seiner rechten Augenbraue glich. Mir wurde schlecht, als ich an Jack dachte und dass er mich belogen hatte. Ich sank auf die Bettkante und saß dort, schockiert. Er hatte mich gerettet – das war nicht gespielt gewesen – aber alles danach? War es ein Plot gewesen, um meine Gunst zu erlangen? Warum?

Was hatte ich, das er wollte? Ich hatte kein Geld. Ich war nicht interessant. Er hatte mich sogar kratzbürstig genannt. Warum würde er sich überhaupt mit *mir* beschäftigen? War ich nur eine Eroberung für ihn?

Ich schüttelte den Kopf. Er hatte mich geheiratet. Ich hielt mir die Finger vor den Mund, weil mir bewusstwurde, dass das vielleicht die spektakulärste aller Eroberungen war.

Zwischen meinen Schenkeln war ich von unserer einen gemeinsamen Nacht nicht mehr wund, aber das bedeutete nicht, dass ich ihn vergessen hatte. Nachts lag ich im Bett, meinem leeren, kalten Bett, und durchlebte jeden Moment noch einmal. Jede Liebkosung, jeden tiefen Stoß seines Schwanzes in mir.

Er *hatte* mich benutzt! Ich war so naiv gewesen, so verzaubert von einem Mann, der so faszinierend und gut aussehend war, dass ich einfach so in seine Falle getappt war. Ein Tag. Er hatte nur einen Tag gebraucht, um mich ins Bett zu bekommen. Und die Dinge, die wir getan hatten! Ich bedeckte meine heißen Wangen mit meinen Händen. Oh Gott, er hatte mich auf meine Knie befohlen und ich hatte seinen Schwanz in meinen Mund genommen. Ich hatte es *gewollt*.

Als ich bemerkte, dass ich seinen Goldring am Finger drehte, knurrte ich und riss ihn herunter. Ich warf ihn blindlings durch das Zimmer, wo er von einer Wand abprallte, über den Boden und unter das Bett unter mir rollte.

Ich hatte die Männer, die Dr. Bower nach Hause gebracht hatte, für langweilig, unattraktiv, sogar für Versager gehalten. Aber im Vergleich zu Jack wirkten sie jetzt normal. Gott, er musste sich totlachen, wo auch immer er war. Er hatte mich gefickt und dann zurückgelassen. Die Eroberung einer Jungfrau!

Er hatte gesagt, er müsste arbeiten, dass er einen Auftrag erledigen müsste und nach ungefähr einer Woche zurückkommen würde. War das sein Auftrag? Einen Zug überfallen? Kein Wunder, dass er mir nichts darüber erzählen hatte können. Hatte er Angst gehabt, ich würde mit der Information zur Polizei gehen? Hatte er Angst gehabt, dass er mich ebenfalls töten müsste, wenn ich die Wahrheit kannte? Jetzt, wenn – falls – er zu mir zurückkam, war ich wahrhaftig gefangen. Ich wusste, was er war, wusste, was er getan hatte und ich war rechtlich mit ihm verheiratet.

Da begann ich zu weinen, ließ mich auf die Seite fallen und zerknüllte die Zeitung unter mir. Ich war ruiniert. Nicht nur, weil ich nicht länger eine Jungfrau war, sondern er hatte mich auch für alle anderen Männer ruiniert. Ich konnte jetzt nicht zur Ranch zurückgehen. Chance und Ethan und die anderen Männer würden Jack sicherlich schneller aufspüren als irgendein Pinkerton und ihn erschießen. Ich wollte eine Chance, das selbst zu tun.

Ich weinte sogar noch mehr, weil ich nun die Dinge kannte, die wir gemeinsam getan hatten, die Art und Weise, wie er meinen Körper verwöhnt hatte, und mit Sicherheit würde kein Mann jemals dem Vergleich damit standhalten können. Jack – das war nicht einmal sein richtiger Name! – mochte zwar ein Gesetzloser und ein Lügner sein, aber er war alles gewesen, was ich mir von einem Mann erträumt hatte. Ich hatte es nur nicht gewusst, bis er fort war, bis er mich benutzt und verlassen hatte.

AM ERSTEN TAG, nachdem ich den Zeitungsartikel gelesen hatte, hatte ich kaum das Zimmer verlassen. Ich hatte Dr. Bower erzählt, ich hätte Frauenprobleme, woraufhin er mit einem einfachen „ich verstehe" geantwortet und mich gnädigerweise allein gelassen hatte. In diesem Moment war ich froh über seine Ungezwungenheit als Arzt gewesen. Ich hatte wie eine alberne Närrin geweint, aber ich hatte einfach nichts dagegen tun können. Am Anfang hatte ich geweint, weil er mich verlassen hatte, weil er mich zum Narren gehalten hatte, weil ich ein größerer Dummkopf war als irgendeine der Frauen aus der Stadt, die tatsächlich Dummköpfe *waren*. Dann, einige Tage später, hatte ich geweint, weil ich mich von unserer gemeinsamen Nacht nicht mehr wund fühlte. Mein Körper hatte sich davon erholt, wie mich sein Schwanz gedehnt hatte, mich für sein eigenes Vergnügen benutzt hatte. Aber das stimmte nicht, denn er hatte sich jedes einzelne Mal, wenn er mich gefickt hatte, auch darum gekümmert, dass ich meinen Höhepunkt erreicht hatte. Das hatte mich nur noch stärker weinen lassen.

Eine Woche später, als ich teilnahmslos auf die hellgelben Vorhänge, die im Fenster flatterten, starrte, realisierte ich mehrere Dinge auf einmal. Erstens *war* ich mit Jack verheiratet. Weder die Kirche, der Pfarrer, die Eheversprechen, noch der Ring konnten geleugnet werden. Was auch immer das zu bedeuten hatte, ich war seine Frau. Zweitens erinnerte ich mich an seine Worte: *Versprich mir, Lily, dass das hier echt ist, ganz egal, was du hörst, während ich weg bin. Ich komme zurück. Das hier ist der einzige Ort, wo ich sein möchte. Bei dir. In dir.*

Er hatte das gesagt, als sich sein Schwanz tief in mir befunden, unser Atem sich vermischt und sein Körper mich ins Bett gedrückt hatte. Ich hatte die Aufrichtigkeit, die

Ernsthaftigkeit seiner Worte in seinen Augen gesehen. Ich hatte es sogar versprochen.

Ich wusste, dass er ein Pinkerton war, wusste, dass seine Arbeit oft geheim und oft gefährlich war. War dies der Fall? War das die Wahrheit? Der Artikel, der Detailreichtum der Geschichte ließ mich ihn infrage stellen, ließ mich alles infrage stellen. Er hatte gesagt, er würde nur für eine Woche weg sein, aber es war mehr Zeit vergangen als das. Sollte ich *ihn* oder die Geschichte infrage stellen?

Ich setzte mich aufrecht in mein Bett. Meine Haare waren schmutzig, hingen wirr um mein Gesicht, mein Kleid war zerknittert. Ich zweifelte an Jack, dem einzigen Mann, der mein wahres Ich gesehen und mich trotzdem gewollt hatte. Er hatte geschworen, er würde zurückkehren. Er hatte mich dazu gedrängt, ihm zu versprechen, dass das, was wir mit einander teilten, echt war. Es hatte sich echt angefühlt. Alles an ihm *war* echt gewesen. Zu echt. Ich bezweifelte, dass ich eine Woche lang unglücklich im Bett gelegen hätte, wenn es nicht so unglaublich *echt* gewesen wäre. Ich war so unglücklich, dass das, was Jack mir erzählt hatte, wahr sein *musste*. Das war absolut irrsinnig, aber vernünftig.

Ich lächelte, während mich Hoffnung erfüllte. Irgendetwas war da im Gange. Etwas Großes. Er hatte es damals gewusst und mir nicht erzählen können, denn es war ein gefährliches Geheimnis. Ein Geheimnis, das so groß war, dass es auf der Titelseite der Butte Zeitung gelandet war. Nichtsdestotrotz, ich hatte es versprochen. Ich hatte versprochen, an das zu glauben, was wir hatten und in der vergangenen Woche hatte ich das nicht getan. Scham durchströmte mich, als mir bewusstwurde, dass ich das Eine, das ich versprochen hatte, nicht getan hatte. Ich hatte die Woche damit verbracht, ihn von mir zu stoßen.

Ich wusste, dass ich dieses Versprechen an ihn halten

musste und ich wusste, dass er zurückkommen würde, dass er bei mir sein wollte. Das bedeutete aber nicht, dass ich tatenlos herumsitzen und glauben musste, was die Zeitungen behaupteten. Nein, was die Zeitungen über ihn erzählten, waren alles Lügen. Ich wollte die Wahrheit über die Arbeit meines Ehemannes wissen. Ich wollte wissen, worin er verwickelt war und welchen Gefahren er sich stellen musste. Wenn er nicht zu mir zurückkommen konnte, aus welchem Grund auch immer, dann würde ich eben zu ihm gehen. Mit meinem neuen Ziel vor Augen schwang ich meine Füße über die Bettkante.

Ich war wütend auf mich, ja sogar fuchsteufelswild. Ich tastete nach seinem Ring an meinem Finger, meiner einzigen Verbindung zu ihm, aber er war nicht da. Ich keuchte, Panik überkam mich. Als mir einfiel, was ich mit seinem Ring getan hatte – dass ich ihn nachlässig durch das Zimmer gepfeffert hatte – keuchte ich noch einmal auf, sank auf den Holzboden und schlängelte mich halb unter mein Bett, um das einzig Greifbare, das ich von ihm hatte, zu erreichen.

Als der Ring wieder schwer auf meinem Finger ruhte, holte ich tief Luft und fühlte mich Jack plötzlich viel näher. Ich war entschlossen. Ich musste die Wahrheit aufdecken und wusste genau, wo ich anfangen musste.

7

ACK

Das war die dümmste, beschissenste Sache, die ich jemals getan hatte. Ich hielt Gesetzlose davon ab, Banken auszurauben, ich half ihnen nicht dabei. Aber hier war ich und ritt mit einer geladenen Pistole an meiner Hüfte in eine Stadt. Sie war nicht zum Schutz da, sondern damit ich mit ihr vor unschuldigen Leuten herumfuchteln und Benson besorgen konnte, was er wollte. Geld. Nur das Wissen, dass alles bald vorbei sein würde, brachte mich dazu, mein Pferd weiterhin neben den anderen traben zu lassen. Der Plan war ins Rollen gebracht worden. Zuerst musste ich jedoch einen verdammten Banküberfall hinter mich bringen. Natürlich musste ich ihn lebend überstehen. Der Sheriff der Stadt wusste nicht, dass ich ein Pinkerton war. Zur Hölle, selbst ich konnte mich kaum noch an diese Tatsache erinnern. Einen Monat lang mit diesen Mistkerlen zu leben, hatte mich abstumpfen lassen und gemein gemacht. Ich hatte vergessen, wie es sich anfühlte, gut zu sein. Ich hatte allerdings nicht vergessen, wie es aussah, da ich jedes Mal, wenn ich meine Augen schloss, Lilys Gesicht sah. Ich sah ihre Haare, die sich wie ein Wasserfall über mein Kissen ergossen. Ich sah, wie sich ihre Augen weiteten, während sie kam.

Wenn sie mich das nächste Mal erblickte, würde sie mich nicht erkennen, würde nicht den Mann vor sich sehen, den sie geheiratet hatte. Mein Bart war gewachsen, meine Haare länger und hingen sogar über meinen Kragen. Ich hatte in den vergangenen Wochen nur in einem beschissenen Fluss oder Bach gebadet. Meine Kleider waren staubig und ich stank bestimmt auch. Als wir in die Stadt gegangen waren, um die Bank auszukundschaften, hatte ich den Männern in den Saloon folgen müssen, wo sie Whiskey getrunken und Huren gefickt hatten. Ich hatte ein Mädchen bezahlen müssen, damit sie mit mir nach oben gegangen und auf dem Bett auf und ab gehüpft war, um einen guten, harten Fick vorzutäuschen. Von ihren dunklen Haaren und äußerst üppigem Körper hätte ich erregt werden sollen. In der Vergangenheit hätte ich allein bei der vollen Rundung ihrer Brüste einen Steifen bekommen und ohne Weiteres einige vergnügliche Stunden genossen, aber sie war nicht Lily.

Mein Schwanz wollte niemand anderen als Lily. Mein Verstand wollte auch niemand anderen. Genauso wenig wie mein Herz.

Der Gedanke an sie trieb mich dazu an, mein Pferd ein wenig schneller laufen zu lassen.

Die Bank war neu, aus Stein gebaut und, im Vergleich zu den eher windschiefen Gebäuden, die die Hauptstraße der Stadt säumten, stabil. Auch wenn die Stadt aufgrund der

Bergarbeiten in dem Gebiet florierte, gab es hier kein Kupfer und es war nicht Butte. Es war kurz vor Ende der Öffnungszeiten, wenn die Straßen ruhiger waren, aber es würde trotzdem Zeugen und unschuldige Umstehende geben. Angestellte. Ich musste sicherstellen, dass Benson keinen von ihnen erschoss.

Morgan ging als erster rein und Crumb folgte mit Benson. Ich sollte als letzter eintreten und als Wache fungieren. Obwohl ich laut meiner Geschichte ein Gesetzloser wie sie war und die Geldkassette aus dem Zug gestohlen hatte, war ich kein Bankräuber. Diese Männer waren das jedoch. In dieser Situation war ich, Fuck sei Dank, nur der Wachposten.

Als ich in das kühle Innere der Bank schlüpfte, änderte sich das. Ich war immer hochkonzentriert, mein Verstand bis aufs Äußerste geschärft, wenn ich mit gefährlichen Situationen zu tun hatte. Als ich jedoch einen Blick auf vertrautes feuerrotes Haar erhaschte, dachte ich, ich würde an einem Schlaganfall sterben. Ich hatte die vergangenen sechs Wochen – *sechs verdammte Wochen* – damit zugebracht, von diesen Haaren zu träumen, wie sie sich anfühlten, wie sie rochen. Mir juckte es in den Fingern, sie wieder anzufassen. Aber jetzt? Hier?

Lily war hier, in der Bank und eine Pistole war auf sie gerichtet.

Fuck. Scheiße. Verdammt. *Fuck!*

Ich konnte meinen Blick nicht von ihr reißen. Sie sah... perfekt aus. Obwohl ihre Arme in die Luft gereckt waren, dachte ich nur daran, wie gut das die Rundung ihrer Brüste unter ihrem grünen Kleid betonte. Sie blickte in meine Richtung. Waren ihre Augen schon immer so smaragdgrün gewesen? Ich schwöre, ihre Haut wirkte makelloser, milchiger als jemals zuvor. Ich wurde hart, nur weil ich sie anschaute.

Hart und absolut panisch. Ich hatte noch nie in meinem Leben solche Angst gehabt wie in diesem Moment. Meine Fresse, Benson war hier, im Rausch und bereit, Geld zu stehlen. Niemand stellte sich ihm in den Weg. Doch hier stand Lily mit ihren verdammten Armen in der Luft, weil sie seine Geisel war.

Nein. Fuck. Sie war auch *meine* Geisel.

Ich bemerkte das unmerkliche Zusammensacken ihrer Schultern, als ob sie erleichtert wäre, mich zu sehen. Hatte sie das geplant? Nur durch einen Blick auf sie wusste ich es. Natürlich hatte sie das geplant! Warum sonst würde sie in einer Bank in Bozeman sein zu genau der Zeit, in der ich sie überfiel? Sie hatte mich gefunden. Wie zur Hölle sie das getan hatte, wusste ich nicht. Sie war ein geständiger Blaustrumpf und war schlau genug, es herauszufinden. Ihr Gehirn arbeitete schneller als das aller anderen, die ich kannte. Als ich sie geheiratet hatte, hatte ich allerdings nicht erwartet, dass diese Intelligenz sie direkt in Gefahr bringen würde. Scheiße. Ihre Klugheit sollte sie doch von der Gefahr *fernhalten*!

Das warf die Frage auf, warum zur Hölle der Oberst mich nicht hatte aufspüren können, wenn es *ihr* gelungen war? Anstatt darauf zu warten, dass wir mit dem Geld fliehen und uns aus dem Hinterhalt in der Prärie zu überfallen, hätte das hier schon letzte Woche beendet werden können, wenn diese Männer nur den Kopf aus dem Sand gezogen hätten. Aber nein. Sie wollten Beweise. Gestohlenes Geld. Sie wollten es schön ordentlich haben, alles auf dem Silbertablett serviert bekommen, sodass sie behaupten konnten, sie hätten die berüchtigten Gesetzesbrecher selbst gefasst. Die

Kupferkönige waren zwar gewillt, viel für Benson zu zahlen, aber sie wollten sich nicht die Hände schmutzig machen. Also stand ich am Fenster und hielt Ausschau nach dem Sheriff.

Ich wollte Lily in meine Arme reißen und sie direkt aus der Bank tragen, die Straße hinab und nicht anhalten, bis mich niemand mehr kannte, niemand uns kannte und wir in Sicherheit waren. Allein. Ich wollte sie in meine Arme ziehen und umarmen und sie küssen und ihren perfekten Duft einatmen.

„Öffne den Safe!", schrie Benson und ich wandte den Blick von Lily ab. Ich umklammerte die Pistole so fest, dass meine Knöchel weiß hervortraten.

Er, Morgan und Crumb waren voller Energie und erpicht auf diesen Überfall. Das bedeutete, dass sie so unter Spannung standen, dass sie einfach so irgendjemanden töten könnten. Ich konnte mich nicht einfach vor Lily stellen, um sie zu beschützen. Wenn sie wussten, dass sie zu mir gehörte, würde die Hölle losbrechen.

Ich ging zu dem Fenster, das auf die Straße blickte, behielt aber Lily aus dem Augenwinkel im Blick. Ich wollte zu ihr gehen und sie mit meinem Körper schützen, aber ich konnte den Männern nicht zeigen, dass sie mir bekannt war. Und ganz sicher konnte ich sie nicht wissen lassen, dass sie meine *Frau* war. Ich beobachtete auch wirklich, was draußen vor sich ging, denn falls der Sheriff auftauchte, könnte er hereinkommen und uns alle erschießen und dabei vielleicht Lily treffen. Wir mussten diesen Überfall durchziehen und ich musste helfen.

Es befanden sich zwei Bankangestellte hinter der Theke und außer Lily noch ein Kunde in der Bank. Alle drei waren männlich, alle drei waren ziemlich blass und schwitzten. Das war eindeutig ihr erster Überfall. Lily jedoch war ruhig und obwohl sie nervös war – ich sah, dass sie von einem Fuß auf den anderen trat – war sie kein bisschen überrascht. Hatte sie den ganzen Tag in der beschissenen Bank gesessen und gewartet? Wie zur Hölle war sie nach Bozeman gekommen? Wo zum *Henker* war Dr. Bower? Meine Fresse, diese Frau wanderte durch das Territorium, als wäre sie eine Königin.

Wenn ich mit ihr allein war, würde ich ihr dieses Verhalten mit gezielten Schlägen auf den Hintern austreiben. Dann würde ich sie ficken. Ich würde sie so hart ficken, dass sie vergessen würde, dass sie im Territorium lebte.

„Pike! Hör auf zu träumen und halt Wache!"

Bensons Knurren brachte mich dazu, wieder aus dem Fenster zu schauen. Ich knirschte mit den Zähnen, um dem Drang zu widerstehen, dem Mann die Glieder einzeln auszureißen. Nein, dem Mistkerl in den Rücken zu schießen. Ich blickte nach draußen. Kein Gesetzeshüter.

Crumb jubelte, als sich der Safe öffnete und sie verbrachten Minuten damit, die Beutel zu füllen. Während sie abgelenkt waren, blickte ich zu Lily, die mich direkt anstarrte. Sie hob eine zarte rostbraune Braue und ich verzog im Gegenzug meine Augen zu Schlitzen. Wenn ich sie in meine Finger bekam... Sie verengte natürlich sofort ebenfalls ihre Augen. Gott, sie war so verdammt kratzbürstig, selbst wenn sie nicht redete.

Die Gesetzlosen traten um die Theke und Benson fuchtelte mit der Pistole vor dem einzigen Kunden herum. „Du, du kommst mit uns."

Die Augen des Mannes weiteten sich ängstlich und seine dünnen Lippen wurden schmal. Schweiß tropfte ihm von der Stirn.

„Nein", sagte ich, ohne nachzudenken. Die drei Männer ruckten ihre Köpfe zu mir. Ich deutete mit dem

Kinn auf Lily. „Sie. Wenn wir eine Geisel nehmen, will ich sie."

Lilys Mund klappte auf und ich hörte, dass ihr ein leises Quieken entwich.

Benson machte einen Schritt in ihre Richtung, aber ich war vor ihm an Lilys Seite. Ich packte ihren Arm und riss sie an mich. Ich konnte nicht sanft sein, konnte mich nicht zu ihr beugen und diese volle Unterlippe küssen, von der ich wusste, dass sie weich und prall zugleich war. Ich verwehrte es mir, das Gefühl ihrer weichen Kurven, die sich an meine Seite drückten, zu genießen. Ich musste Desinteresse an ihr als meiner Ehefrau vortäuschen, aber Interesse an ihr als Frau, die ich entführen und mit der ich mich vergnügen wollte.

„Gut gedacht. Wir könnten mit einem hübschen Ding wie ihr viel Spaß haben."

Ich schüttelte langsam den Kopf und musterte Benson. „Ich mag rote Haare. Ich habe auf eine Frau, genau wie sie, gewartet." Ich zog an einer ihrer Locken, beugte mich zu ihr und schnupperte.

Lily schrie überrascht auf, dann trat sie zurück, aber kreischte wieder, als ich weiterhin ihre Haare festhielt.

„Diese Frau, zur Hölle, sie ist mein Preis dafür, dass ich euch geholfen habe." Ich packte den strengen Knoten in ihrem Nacken, zog daran und bog ihre lange Kehle durch. Sie japste und ich erinnerte mich daran, wie sie sich beim ersten Mal, als ich in ihre enge Pussy eingedrungen war, angehört hatte. Ich lehnte mich zu ihr und schnupperte noch einmal und ich schwöre, ich kam fast. Ich konnte ihren Puls hektisch schlagen sehen.

„Nimm deine schmutzigen Hände von mir!", schrie sie und stieß mich von sich. Sie war eine ziemlich gute Schauspielerin und mein Schwanz schien ihren vorgetäuschten Widerstand sehr zu genießen. Das war etwas, das wir vielleicht ausprobieren sollten, wenn ich mit ihr allein war und keine Pistolen herumgefuchtelt wurden – dieses ganze Gesetzloser und Gefangene Rollenspiel. Zur Hölle, es würde vielleicht nicht einmal nur vorgetäuscht sein, da ich vorhatte, sie an unser Bett zu fesseln und dort zu behalten.

Die Männer glucksten über ihren Widerstand.

„Sie mag zwar eine kleine Wildkatze sein, aber ich teile nicht", das Letzte sprach ich durch zusammengepresste Zähne.

„Ich werde mit dir nicht über eine steife und prüde Miss streiten, solange wir hier stehen. Wenn du sie willst, nimm sie mit."

Benson stürmte nach draußen, die anderen folgten ihm und ich hatte keine andere Wahl, als Lily hinter mir her zu schleifen. Was zum Henker würde ich jetzt tun?

LILY

ICH WAR NOCH NIE ZUVOR in einen Banküberfall verwickelt gewesen und ich musste zugeben, es war ziemlich berauschend, auch wenn der einzige Grund für diese Empfindung Jacks Anwesenheit war. Ansonsten wäre es ein furchterregender, Inkontinenz hervorrufender Alptraum. Ich hatte über zwei Stunden auf Bozemans Hauptstraße gewartet und nach Jack Ausschau gehalten. Ich wusste, er würde kommen, da ich von meinen Nachforschungen sehr überzeugt war. In den vergangenen Wochen war er nicht der einzige Matthews gewesen, der Detektiv spielen konnte.

Obwohl Jack ein Bart gewachsen war und seine Haare zu lang waren, hätte ich ihn überall erkannt. Ich hatte ihn an der Art erkannt, wie er seine Schultern nach hinten drückte, wie er auf einem Pferd saß, sogar daran, in welchem Winkel sich der Hut auf seinem Kopf befand. Ich war nicht auf dem Gehweg geblieben und dort herumgestanden, sondern hatte die Bank wenige Minuten vor ihnen betreten, wo ich auf einer kleinen Bank Platz genommen hatte. Als ein Bankangestellter hinter der Theke hervorgetreten war, um mir seine Hilfe anzubieten, hatte ich mir Luft zugefächelt und vorgegeben, mir einen Moment der Abkühlung zu gönnen, während ich auf meinen Ehemann wartete. Der Mann hatte den Schluss gezogen, dass mein Ehemann ein Bankkunde sei, der seiner Frau ohne seine Anwesenheit keinen Zugriff auf das Konto erlaubte, nicht dass er einer der bald auftauchenden Bankräuber sei.

Es war schnell gegangen, zu schnell, obwohl mein Gehirn von Jacks Anblick völlig abgelenkt gewesen war. Es war sechs verdammte Wochen her gewesen und mein Körper war zum Leben erwacht, weil ich mich im gleichen Raum wie er befunden hatte. Die Pistolen, die durch die Luft geschwungen worden waren, hatten dabei keine Rolle gespielt. Als die Gesetzlosen über eine Geisel diskutiert und Jack mich gepackt hatte, war ich im ersten Moment schockiert gewesen. Erst Jacks grobe Behandlung hatte mich wieder zu Sinnen gebracht. Ich hatte Wut und Empörung vorgetäuscht und Jack hatte mich gezwungen – ich war freiwillig mitgegangen, also konnte von Zwang eigentlich keine Rede sein – in die Spätnachmittagssonne zu treten. Er hatte mich mühelos und ohne viel Aufhebens auf sein Pferd gesetzt und war hinter mir aufgestiegen. Ich hatte kaum Zeit gehabt, mein Kleid ordentlich zu drapieren, bevor wir uns schon in Bewegung gesetzt hatten.

Wie Jack einmal festgestellt hatte, plapperte ich gerne, wenn ich nervös war, also biss ich mir absichtlich auf die Unterlippe, damit ich schwieg. Ich genoss einfach das Gefühl seiner Arme um mich, während er die Zügel festhielt, obwohl ich keine Ahnung hatte, wohin wir gingen. Ich hatte eigentlich erwartet, dass die Kavallerie oder wenigstens der Sheriff der Stadt draußen auf die Gesetzesbrecher warten würde, aber das war nicht der Fall. Die Straße war geschäftig, aber überraschenderweise achtete niemand auf uns. Ich wusste, es wäre nicht klug, die Leute auf uns aufmerksam zu machen, denn ich wusste auch, dass Benson jemand war, der Menschen ohne Grund erschoss.

Jack war immer sanft zu mir gewesen – außer beim zweiten Mal, als er mich gefickt und ich ihm gesagt hatte, er solle sich nicht zurückhalten – aber jetzt war er das nicht. Ich spürte, dass er an den Stellen, die gegen meinen Körper pressten, vor Wut bebte. Sein Arm schlang sich um meine Taille und er hielt mich eng an sich gedrückt, als die Pferde am Stadtrand die Geschwindigkeit erhöhten. Seine Hand war so groß, dass sein Daumen bei jedem Schritt über die Unterseite meines Busens strich.

Er sprach überhaupt nicht und ich wagte es nicht, auch nur ein Wort zu sagen.

Bozeman lag weit hinter uns und wir ritten über die offene Prärie, um den Weg, der von Stadt zu Stadt führte, und die Bahnlinie zu umgehen. Ich sah an Jacks kräftigem Körper vorbei und konnte niemanden sehen, der uns folgte. Jacks Arm um meine Taille spannte sich an, wodurch er mich zwang, wieder nach vorne zu schauen.

„Fick sie endlich", sagte Benson, als er langsamer wurde und Jack neben ihn ritt.

Bert Benson sah genauso aus wie auf seinem Gesucht-

Plakat, das ich in den vergangenen Wochen intensiv studiert hatte. Allein indem ich mich in seiner Gegenwart aufhielt, wusste ich, dass er keinen einzigen Funken Anstand besaß. Allein in seine dunklen, abgrundtiefen Augen zu schauen, jagte mir Schauer über den Rücken. Er war so groß wie Jack, hatte eine gedrungene Gestalt und die widerliche Angewohnheit, seinen Kautabak ins Gras zu spucken und die Spucke mit seinem Ärmel wegzuwischen.

Benson musterte mich von oben bis unten und ich fühlte mich schmutzig. Es war keine Schauspielerei, dass ich meinen Kopf von dem Mann abwandte.

„Sie ist eine viel bessere Geisel als ein Mann. Ich hab gehört, Rotschöpfe sind sehr temperamentvoll." Er zog seine Pistole aus dem Halfter und zielte damit auf uns. Jack versteifte sich und ich drehte mein Gesicht in seine Brust, aber ich wusste, dass ich dadurch auch nicht geschützter wäre. „Lass sie runter und wir können es alle herausfinden."

Crumb und Morgan lachten. Ich hörte das Geräusch von Tabak, der ausgespuckt wurde.

„Mmh", machte Jack nichtssagend. „Ich stimme zu. Rotschöpfe sind normalerweise…kratzbürstig. Man muss sie vorsichtig streicheln."

Ich versteifte mich bei seinen Worten, vor allem wegen der Tatsache, dass Jack Benson zustimmte. Jack hatte mir zuvor schon, ins Gesicht, gesagt, dass ich kratzbürstig sei. Er hatte gesagt, er mochte mich so. Was das Streicheln anging, nun, Jack wusste sehr gut, wie er das bei mir machen musste. Ich wollte aber nicht, dass er das vor Benson und seinen Männern machte.

„Diese Pistole, auf wen ist sie gerichtet, Benson, sie oder mich?", knurrte Jack. „Steck die weg, bevor du einen von uns erschießt. Wenn du mich erschießt, werde ich dir nicht mehr helfen können, die Geldkassette aus dem Zug nach

Salt Lake nächste Woche zu stehlen. Wenn du sie erschießt, werde ich sie nicht ficken können."

Ich wagte einen Blick zu den anderen Männern. Benson senkte seine Pistole und schaute zu Morgan und Crumb. „Wir werden sie am Leben lassen und wir können sie alle ficken."

Ich hielt die Luft an, während ich auf Jacks Antwort wartete. Er schüttelte den Kopf. „Ich hab es dir gesagt, ich teile nicht."

Ich konnte das tiefe Rumpeln seiner Worte in meinem Rücken spüren. Er war nicht glücklich. Genauso wenig wie ich, was das anging. Ich hatte nicht die Absicht, die anderen Männer zu ficken. *Das* war nicht Teil meines Plans. Sie waren auf jede erdenkliche Weise widerlich.

„Du solltest das mittlerweile wissen, da ich mich eurer kleinen Party mit der Braunhaarigen in Townsend nicht angeschlossen habe."

Benson gluckste und ich kochte vor Wut. Morgan hielt seine gewölbten Hände nach oben, um die Größe der Brüste der Frau anzudeuten und Crumb griff sich in den Schritt. Sie waren im Saloon mit Huren zusammen gewesen?

„Stimmt. Ich wette, die Blonde, die du ausgesucht hast, wurde richtig hart beackert. Ich frage mich nur…ist dein Stecher so klein, dass du ihn verstecken musst?"

Morgan und Crumb grölten vor Lachen über Bensons fiese Worte.

Ich erkannte männliches Gehabe, wenn ich es hörte, und auch wenn ich mir sicher war, dass Jack Morgan den Kopf abreißen wollte, weil er seine Männlichkeit infrage gestellt hatte, blieb er ruhig.

Ich allerdings war stinksauer. Ich hatte nur seinen gesehen, aber ich war mir sicher, dass Jacks *Stecher* größer war als die der drei Männer zusammen. Vielleicht war das der Grund, warum sie eine Frau teilen mussten, damit sie sich ergänzten. Ich wusste es jedoch besser, als mich mit einem Mann mit einer Pistole anzulegen, weshalb ich diese Vermutungen nicht laut aussprach.

Jack hielt sein Pferd an. „Wenn du willst, dass ich die Frau ficke, werde ich es tun."

Völlig mühelos senkte er mich auf den Boden und ich sah mich um. Er würde mich hier im Freien ficken, während diese Männer zusahen? Auf keinen Fall. Ich schüttelte den Kopf und lief langsam rückwärts von ihnen weg. Ich musste meine Angst und Scham nicht vortäuschen. Ich wusste, Jack würde mir nicht wehtun, aber ich kannte seine Absichten nicht. War es besser gefickt zu werden, während die Männer zuschauten, als meinen Tod zu riskieren?

8

ILY

Die anderen Männer lachten. "Sie haut ab, Pike. Denkst du, sie kann dir davonlaufen?"

Jack rutschte von seinem Pferd und marschierte in meine Richtung, seine Augen dunkel und raubtierhaft, sein bärtiger Kiefer zusammengepresst. Er würde es tun. Er würde mich ficken. Jetzt. Ich schluckte, machte auf der Hacke kehrt und rannte, das Gelächter der anderen Männer verfolgte mich.

Ich hörte Jack, wie er mir folgte, seine Stiefel schlugen laut auf dem festen Boden auf. Seine Beine waren so viel länger wie meine, dass er mich schnell einholen sollte. Mir gelang es jedoch, weiter von den anderen weg zu kommen, als ich erwartet hatte, bevor seine Hand meinen Arm umschloss und mich zu ihm zurückzog. Ich schrie und kämpfte, als ich seinen harten Schwanz an meinem unteren Rücken spürte.

„Hier trennen sich unsere Wege, Benson", rief Jack und drehte sich so, dass ich von seinem Körper abgeschirmt wurde. „Ganz egal wie groß mein Stecher ist, ich ficke nicht vor Publikum." Er streichelte mit einer Hand über meine Haare. „Außerdem wollt ihr in das hier nicht reingezogen werden. Sie ist eine Zeugin und darf nicht plappern. Ein Körper weniger, um den ihr euch kümmern müsst."

Ich wehrte mich wieder und Jack zog mich an sich, fest. Jetzt musste ich zu den anderen schauen. Ich wusste, dass Jack mich nicht töten würde, aber ich *hatte* Angst. Wenn Jack die anderen Männer nicht dazu bringen konnte, zu gehen, würden sie mich auch ficken wollen oder Jack dazu zwingen, mich zu töten. In echt. Die anderen Männer zu sehen, selbst in der Ferne, führte mir vor Augen, wie rücksichtslos und bösartig sie wirklich waren. Ich dachte an die anderen Frauen, die sie wahrscheinlich draußen in der Prärie vergewaltigt und ermordet hatten.

„Wenn ich nicht wüsste, dass du einen Schwanz hast, würde ich sagen, du bist so sittsam wie ein kleines Mädchen", merkte Crumb an.

„Sein Stecher muss winzig sein", fügte Morgan hinzu und alle drei lachten.

„Ich hab's dir gesagt, Pike, Rotschöpfe sind kleine Wildkatzen", meinte Benson mit einem rauen Lachen. Er musterte mich ganz und gar leidenschaftslos. Ich freute mich darauf, wenn dieser Mann endlich am Galgen baumelte. „Mach mit ihr, was du willst. Wir haben nichts gesehen." Er spuckte einen Schwall Kautabak ins Gras, sein Arm ruhte auf dem Sattelknauf. „Wir hätten uns sowieso aufgeteilt. Jetzt ist genauso gut wie jeder andere Zeitpunkt. Wir treffen uns wie geplant in Helena."

„Gut", erwiderte Jack und nickte. „Sie werden unserer Spur folgen, also werde ich Richtung Süden gehen. Sucht euch selber Frauen in Helena, ihr habt's euch verdient."

Crumb jubelte. Und trieb sein Pferd nach Westen, wobei die Hufe seines Pferdes Dreckklumpen hochschleuderten. Morgan folgte. Mit einem letzten Blick zurück tippte sich Benson vor Jack an den Hut, dann schloss er sich den anderen an.

Keiner von uns beiden bewegte sich, während die Männer in der Prärie immer kleiner wurden. Als ich mir sicher war, dass sie nicht mehr umkehren würden, sagte ich: „Sie werden entkommen! Du hast all diese Zeit damit verbracht, sie aufzuspüren und jetzt wirst du ihnen wieder nachjagen müssen."

Ich konnte es nicht gebrauchen, dass Jack diesen Auftrag nicht beendete. Ich war egoistisch und wollte ihn ganz für mich allein haben.

„Du willst, dass sie bleiben?", fragte er, gab mich frei und drehte sich dann zu mir um. Er stemmte seine Hände in die Hüften. „Sie würden dich vergewaltigen und dir dann in den Kopf schießen."

Mir wurde bewusst, dass er damit durchaus Recht hatte.

„Aber – "

„Sie werden in Gewahrsam genommen werden, noch bevor sie Three Forks erreichen", fügte er hinzu. „Ich konnte den Oberstleutnant über die Pläne in Kenntnis setzen und sie werden mit dem Geld gefasst werden. Sie werden bestraft werden, wie sie es verdienen." Er umfasste mich an der Taille und wirbelte mich zu sich herum. Mein Hut, der so sorgfältig auf meinem Kopf drapiert worden war, fiel hinab in das hohe Gras. „Was dich angeht, so wirst du auch bestraft werden, wie du es verdienst."

Ich trat einen Schritt zurück, dann noch einen. Anstatt

der glücklichen Wiedervereinigung, die ich mir vorgestellt hatte, stand eine wütende Version meines Ehemannes vor mir, die ich so noch nie zuvor gesehen hatte. Ich schluckte wegen seiner Intensität. War er schon immer so groß gewesen?

„Bestrafen? Warum?"

Er lief nach vorne, während ich zurückwich, aber meine Frage stoppte ihn. „Frau, bist du verrückt?" Seine Stimme donnerte über das Tal und die davonreitenden Männer würden ihn sicherlich hören.

Ich reckte mein Kinn und antwortete: „Ich hab dich geheiratet, oder nicht? Ich denke, dass das durchaus möglich ist."

Mit seinen langen Beinen – verflucht sollen sie sein – erreichte er mich, bevor ich mich noch weiter von ihm entfernen konnte. Er packte meine Hand und hob sie hoch.

„Wo zur Hölle ist mein Ring?"

Er war verärgert gewesen, als er mich in der Bank gesehen hatte, aber das war nichts im Vergleich dazu, wie wütend er jetzt war. Die Sehnen an seinem Hals traten hervor und seine Augen waren zu Schlitzen zusammengekniffen. Er sah bedrohlich und gefährlich aus.

Ich öffnete den obersten Knopf meines Kleides, dann noch einen, griff hinein und zog die Kette, die um meinen Hals hing, hervor. Daran baumelte sein Ring. Jack packte die Goldkette und zog fest daran, sodass sie riss. Nachdem er die Kette aus dem Ring gerissen hatte, warf er sie hinter sich, hob meine Hand ohne viel Federlesen hoch und steckte den Ring zurück an seinen rechtmäßigen Platz. Er fühlte sich warm und schwer an.

„Nimm niemals den Ring ab, Lily."

Ich schüttelte den Kopf, da ich merkte, dass das wichtig

für ihn war. Entscheidend. „Das werde ich nicht", versprach ich.

„Wenn du ihn abnimmst, werde ich ihn finden und ich werde *dich* finden. Du gehörst zu *mir*."

Ich stimmte ihm aus ganzem Herzen zu, weshalb ich mit einem schlichten „Ja" antwortete.

Er seufzte, als ob er jetzt beruhigt wäre, da der Ring wieder dort war, wo er hingehörte. „Dieser Ring sagt, dass ich dein Ehemann bin. Ich hab dich in Butte zurückgelassen, damit du in Sicherheit bist."

Ich versuchte, ihm meine Hand zu entziehen, aber er ließ sie nicht los. „Du hast mich in Butte *zurückgelassen!*", schrie ich.

„Damit du in Sicherheit bist!", wiederholte er. „Ich hätte dich zurück zu der Ranch deiner Mütter bringen sollen und dich von all den Schwagern, von denen du mir erzählt hast, bewachen lassen sollen." Er ließ meine Hand fallen, lief im Kreis und tigerte durch das hohe Gras. Während er das tat, stieß er seinen Hut vom Kopf und fuhr sich mit der Hand durch seine dunklen Haare, dann über seinen Nacken. „Verdammt, Lily. Denkst du, ich *wollte* dich zurücklassen?"

„Sechs Wochen." Ich stapfte zu ihm und begann ihn in die Brust zu pieken. „Du warst sechs Wochen verschwunden, ohne auch nur ein Wort von dir hören zu lassen. Du hast gesagt, du würdest höchstens zwei Wochen weg sein."

„Ich hab dir doch erzählt, dass ich einen Auftrag zu erledigen hätte. Ich hatte keinen blassen *Schimmer*, dass es so lange dauern würde. Du hast versprochen, auf mich zu warten."

Ich lachte, aber ich war wütend und es klang irgendwie wahnsinnig. Vielleicht war ich das auch. „Ja, ich habe versprochen, dass ich wegen deinem Auftrag auf dich warten würde. Züge überfallen und Menschen töten, *Mr. Pike*?"

„Glaubst du wirklich, dass ich so etwas tun würde wie –"

„Nein", antwortete ich und unterbrach ihn mit diesem einen entscheidenden Wort mitten im Satz.

Meine Antwort musste ihn überrascht haben, denn ich sah Zweifel und Angst in seinen Augen aufflackern.

„Nein. Ich glaube es nicht. Ich habe es geglaubt", gestand ich, „als ich es zum ersten Mal in der Zeitung las, aber ich hatte jede Menge Zeit zum Nachdenken. Wochen, um genau zu sein."

„Zu welchem Schluss bist du gekommen?" Seine Stimme hatte sämtliche Wut verloren.

„Als ich den Artikel zum ersten Mal sah, war ich am Boden zerstört. Ich dachte, du hättest mich angelogen, dass du der schlimmste aller Männer wärst, dass du nur eine weitere Jungfrau erobert und zurückgelassen hättest. Gott, was sie über dich geschrieben haben! Ich habe eine Woche gebraucht."

„Ich habe dich geheiratet", erwiderte er. „Wenn ich eine Frau ficken und zurücklassen hätte wollen, wäre eine Hure im Bordell die klügere Wahl gewesen."

„Das ist genau das, was ich mir auch gedacht habe. Wie du sagst, ich bin kratzbürstig. Warum hättest du dich vor den Augen Gottes und des Pfarrers an mich binden sollen, wenn du nicht die Wahrheit erzählt hast? Du hast erzählt, du wärst ein Pinkerton und ich wusste, dass du wegen irgendeines Auftrags durch die Lande zogst. Du hast deine Braut *zurückgelassen*, also wusste ich, dass es wichtig war."

„Meine Fresse, Süße, denkst du, ich wollte dich verlassen? Das warme Bett mit deinem nackten Körper, der sich an mich schmiegte, verlassen? Du hattest meine

Liebesmale auf deiner Haut, mein Samen klebte an deinen Schenkeln. Es war das Schwerste, was ich jemals getan habe."

Der Aufruhr und Frust in seinen Augen waren mein Untergang und der wochenlange Zorn strömte aus mir wie Wasser in einen Abfluss. „Ich weiß. Ich habe dich vermisst. So sehr." Ich hielt meine Hand hoch, um ihn davon abzuhalten, näher zu kommen. „Du hättest mir die Wahrheit erzählen können. Ich hätte dein Geheimnis für mich behalten."

Er schüttelte den Kopf. „Ich habe mein Wort gegeben. Ich kannte dich damals nicht und ich konnte nicht zurückgehen. Ich *wollte* es dir erzählen. Unbedingt."

„Und ich wollte die Wahrheit wissen. Unbedingt", entgegnete ich in dem Versuch, ihn dazu zu bringen, zu verstehen, warum ich etwas so Unvernünftiges getan hatte.

Jack seufzte, kam zu mir und streichelte meine Wange. „Denk nicht, dass dich diese Worte vor einer Bestrafung bewahren werden." Ich versuchte, zurückzutreten, aber er schlang einen Arm um mich. „Du wirst mir jetzt erzählen, Frau, wie du mich gefunden hast."

Ich spielte mit einem Knopf an seinem Hemd, während ich mit den Schultern zuckte. „Das war nicht so schwer."

„Oh, wirklich? Dann verrate mir, warum die US Kavallerie, die Pinkertons und der US-Marshal Service Benson und seine Männer erst noch finden müssen, aber du die genaue Uhrzeit und Ort ihres neuesten Überfalls kanntest?"

Ich antwortete nicht sofort, weshalb er mein Kinn mit seinen Fingern anhob. „Lily", schalt er mich.

Ich zuckte wieder mit den Schultern und wünschte mir, er würde mich stattdessen Süße nennen. „Als mir klar wurde, dass du nichts von dem, was in der Zeitung aufgezählt wurde, getan haben konntest, begann ich Nachforschungen anzustellen."

Seine Augenbrauen hoben sich bis unter seine Haare. „Nachforschungen? Dieser Zeitungstyp und die anderen hochnäsigen Sesselfurzer hätten dir unmöglich etwas verraten."

„Natürlich haben sie das nicht. Er ist ein arrogantes kleines Stück..." Ich seufzte. „Lass uns einfach sagen, ich mag den Mann nicht. Seine Frau kenne ich allerdings ziemlich gut. Wie sich herausstellte, hatte sie einen eingewachsenen Zehennagel, der ihr schreckliche Schmerzen bereitet hat."

Jack stöhnte. „Ich denke, ich weiß, in welche Richtung das geht."

Ich schürzte die Lippen. „Das tust du nicht", widersprach ich. „Die Frau meinte, ich hätte ihr Leben gerettet und daher war sie nur allzu glücklich, einige Informationen für mich zu besorgen. Nachdem ich von ihr die Wahrheit erfahren hatte, wandte ich mich an Mr. Granby."

„Lass mich raten, der Eisenbahneigentümer hatte Blähungen?", fragte er.

Ich lachte. „Nein. Gicht."

„Dann was, meine kleine Detektivin?"

„Nachdem ich also wusste, dass die Kupferkönige hinter Benson her waren und dich auf ihn angesetzt hatten, folgte ich einfach seinem Überfallmuster und fand heraus, wie er Banken überfiel."

Er versteifte sich bei dieser Aussage.

„Und wie hast du das gemacht?" Seine Stimme wurde tiefer und kalt.

Ich nahm an, dass es offensichtlich wäre, aber für Jack

scheinbar nicht. „Ich bin natürlich zu den ausgeraubten Banken gegangen."

„Du bist ganz *alleine* durch den Südwesten Montanas gezogen?"

Seine Stimme hob sich wieder.

„Du weißt doch, dass Dr. Bower mir verboten hat, ihm in den Minen zu helfen. Er hat jetzt Dr. Meager, die kleine Bisamratte, der ihm hilft. Also hatte ich freie Zeit zur Verfügung. Glaubst du wirklich, dass er mich so gut überwacht?"

„Eindeutig nicht", grummelte er. „Du gehörst jetzt zu mir und ich verspreche, ich werde dich sehr viel gründlicher *überwachen*."

„Von wo, deinem nächsten Auftrag in…Kansas? Colorado?"

Er antwortete nicht, sondern zog mich stattdessen auf den Boden und hatte mich auf alle viere positioniert, bevor ich auch nur einen Atemzug machen konnte. Er kniete sich neben mich, sodass sich mein Bauch über seinen muskulösen Schenkeln befand. Meine Finger packten das hohe Gras, dessen Duft in der Luft hing, während ich über meine Schulter zu ihm schaute.

„Jack!", schrie ich, während er mein langes Kleid hochschob, um meinen Hintern zu entblößen.

Er stöhnte. „Wo zur *Hölle* ist dein Höschen?"

„Du hast mir gesagt, ich solle nie welche tragen!", schrie ich.

Er knurrte. Ja, es war wirklich ein Knurren.

Klatsch.

„Jack! Versohlst du mir den Hintern, weil ich keinen Schlüpfer trage?"

Klatsch.

„Nein, ich versohle dir den Hintern, weil du zu klug für dein eigenes Wohl bist. Du bist mit diesem verrückten Plan, mich zu finden, losgezogen und hast dich selbst in alle möglichen Gefahren gebracht, ganz zu schweigen von einem *Banküberfall*! Was, wenn ich nicht da gewesen wäre, um dich zu retten?"

Seine Hand klatschte gleichmäßig auf meinen Hintern, fand jedes Mal neue Stellen zum Zuschlagen. Ich versuchte, wegzurutschen, aber er schlang seine freie Hand um meine Hüfte und nun konnte ich nirgends mehr hingehen. Die schmerzhaften Schläge brachten all meinen Ärger, all meine Sorgen an die Oberfläche wie bei den blubbernden heißen Quellen, die es im gesamten Territorium gab. Ich war so traurig, so abgelenkt, dann hoffnungsvoll, dann neugierig, dann verängstigt gewesen. So viele Emotionen hatten mich wegen Jack durchströmt. Er war der Einzige, der mich wirklich fühlen ließ und ich ergab mich seiner Macht über mich, denn ich wollte diese Verbindung mit ihm. Ich wusste, dass er ebenfalls etwas empfand und dass das hier sein Ventil dafür war. Wenn ich mich unter ihm befand, unter seiner Hand, wusste er mich in Sicherheit und beschützt. Wenn er mir den Hintern versohlte, wusste er, dass ich ihm meine Aufmerksamkeit schenkte, dass ich seine Dominanz anerkannte und mich ihr unterwarf. Ich begann wegen dieser Verbindung, die wir teilten, zu weinen, darüber wie mächtig sie war und wie irrsinnig tief sie ging.

Ich sank auf meine Unterarme, meine Stirn ruhte auf ihnen. Mein Hintern ragte für ihn in die Luft und er hörte nicht auf. Die Hitze seiner Handfläche, die brennenden Schläge verwandelten sich in köstliches Vergnügen. Es war merkwürdig und absolut überraschend, aber ich wollte Jack mit einer Intensität, die durch die Gefahr und Entfernung entstanden war.

„Jack", rief ich. Er musste eine Veränderung in meiner

Bitte gehört haben, denn seine Hand hielt inne. Als er hinter mich rutschte, spürte ich den groben Stoff seiner Hose an meinen Schenkeln, während er meine Knie noch weiter auseinanderschob.

Das Rascheln seiner Hose war das einzige Geräusch außer dem fernen Zirpen der Grillen. Seine Hände legten sich auf meine Hüften und ich spürte die stumpfe Spitze seines Schwanzes an meinem Eingang.

Ich warf meinen Kopf wegen dieser fantastischen Empfindung zurück. „Ja", schrie ich, gierig nach ihm.

Er beugte sich über meinen Rücken und stützte eine Hand neben meiner Schulter ins Gras, damit er mir ins Ohr raunen konnte: „So feucht für mich, Süße. Ich werde dich jetzt ficken."

„Ja", wiederholte ich und drückte meine Hüften nach hinten gegen ihn.

„Tss, tss, ich bestimme die Geschwindigkeit. Du kannst mich in die Knie zwingen, Süße, aber ich bin derjenige, der das Ficken übernimmt."

Daraufhin drang er in mich ein, langsam aber mit einem langandauernden Stoß. Jack stöhnte, als er sich bis zum Anschlag in mir befand. Seine Schenkel an meinem wunden Hintern fügten dem Ganzen noch eine weitere Empfindung hinzu.

„Ja, bitte, fick mich", keuchte ich. „Gott, ich brauche es."

Da nahm mich Jack, nicht übermäßig hart, aber mit einer kompromisslosen Präzision, die mich so feucht für ihn machte, dass jeder Stoß von einem glitschigen Geräusch begleitet wurde. Er hörte nicht auf. Zuerst bewegte er sich in einem beständigen Tempo, aber schon bald gab er sich seinen niederen Bedürfnissen hin und seine Bewegungen wurden unrhythmischer. Er verlor sich in seiner Lust. Indem er mich nach oben zog, setzte er mich auf seine

Schenkel, sodass mein Rücken gegen seine Brust gedrückt wurde, während er im Gras kniete und sein Schwanz tief in mir vergraben war. Sein Mund legte sich auf meinen Hals und er saugte und knabberte an der Stelle hinter meinem Ohr. Seine Arme schlangen sich um mich und er packte die Vorderseite meines Kleides und riss es auseinander. Die Knöpfe flogen durch die Luft, gingen im Gras verloren, während seine Hände meine Brüste aus dem Korsett hoben. Als seine Daumen über meine Nippel streichelten, stöhnte ich.

Jack erstarrte, tief in mir vergraben, seine Hände umfassten mich. Zärtlich, sachte knetete er mein zartes Fleisch, als ob er meine Kurven von Neuem kennenlernen würde.

„Ja!", schrie ich. Das Gefühl seiner Hände auf meiner empfindlichen Haut brachte mich fast zum Höhepunkt.

Er stellte seine Liebkosungen ein, um die obersten Streben meines Korsetts zu öffnen, dann umfasste er wieder meine Brüste, wog sie und fühlte sie, als ob es das erste Mal wäre.

„Süße, hast du mir etwas zu sagen?"

Ich drückte mich in seine Hände, da ich es brauchte, dass er mit seinen Daumen über meine *sehr* empfindlichen Nippel strich. „Was?", fragte ich verwirrt darüber, warum er aufhörte, sich zu bewegen.

„Deine Brüste sind größer."

„Oh."

„Süße", wiederholte er, wobei er das Wort in die Länge zog. Gott, ich liebte es, wenn er mich so nannte. Es bedeutete, dass ich in keinerlei Schwierigkeiten steckte, anders als wenn er mich bei meinem richtigen Namen nannte.

Er glitt mit einer Hand in mein geöffnetes Kleid, über

den unteren Teil meines Korsetts, noch weiter nach unten, bis er sie flach auf meinen Bauch legte.

„Sag mir, dass wir in jener Nacht ein Baby gemacht haben."

Seine Stimme war rau vor Verzweiflung und...Hoffnung.

„Wir...wir haben in jener Nacht ein Baby gemacht", widerholte ich mit leiser Stimme.

Er stöhnte wieder, dieses Mal klang er fast wie ein verwundetes Tier. Er begann sich zu bewegen, hob und senkte mich auf seinem Schwanz. Dieses Mal unfassbar zärtlich und behutsam.

„Oh, Jack, du fühlst dich so gut an", gab ich zu und ließ meinen Kopf zurück auf seine Schulter fallen.

„Du wirst für mich kommen, Süße. Auf meinem Schwanz."

Es brauchte nicht viel, um mich an diesen Punkt zu bringen. Vielleicht lag es an der Zeit, die wir getrennt gewesen waren. Vielleicht lag es daran, dass mein Körper besonders empfindsam war, aber allein die Reibung seines Schwanzes brachte mich dazu, mich um ihn herum zusammenzuziehen, während ich mich selbst hob und senkte.

„Langsam, vorsichtig, Süße. So ist es gut, reite meinen Schwanz und nimm dir, was du willst. Ja. Du wirst auf meinem Schwanz kommen. Melke ihn. So ein gutes Mädchen. Ja. Komm jetzt."

Seine Worte in meinem Ohr waren so verrucht, so erotisch, dass sie mich über die Klippe stießen. Meine Lustschreie wurden vom Wind erfasst, während mein Körper von Wellen des wunderschönsten Vergnügens geschüttelt wurde.

Als ich in Jacks Armen zusammenbrach, hob er mich von sich, wodurch sein harter Schwanz aus mir glitt.

Während er mich auf meine Füße stellte, legte ich meine Hände auf seine Schultern. Ausnahmsweise war ich nun einmal größer als er. Seine dunklen Augen bohrten sich in meine, während er anfing, mir das Kleid auszuziehen. Ich sagte nichts – er hatte jeglichen Widerstand direkt aus mir gefickt – und ließ ihn tun, wie er wünschte. Er trug immer noch all seine Kleider, nur sein Hosenschlitz war geöffnet und sein Schwanz ragte aus dem Nest dunkler Locken. Er war nass und glänzte von meiner Feuchtigkeit, hatte einen intensiven und wütenden Rotton angenommen.

„Ich muss alles von dir sehen."

Schicht um Schicht entblätterte er mich, bis ich nackt vor ihm stand. Wir waren allein in der Prärie, um uns herum befand sich meilenweit nichts. Die Sonne hatte sich hinter den fernen Bergen niedergelassen, aber die Luft war nach wie vor warm.

Ehrfürchtig streichelten seine schwieligen Hände über meine Haut. Meine Arme, meine Brüste, durch das Tal zwischen ihnen, über meinen flachen Bauch.

„Ein Baby."

Ich nickte und biss auf meine Lippe, während ich ihn dabei beobachtete, wie er meinen Körper betrachtete. Er wirkte begeistert, sogar verblüfft. Ich wusste es seit ungefähr einer Woche und hatte mich an die Vorstellung gewöhnt. Während meine Brüste zwar größer *waren*, waren sie auch empfindlicher. Glücklicherweise wurde mir morgens nicht schlecht, wie es manchen schwangeren Frauen passierte.

„Woran hast du es gemerkt?"

Ein anzügliches Grinsen bog seinen Mundwinkel nach oben, während er meine Brüste in seine Hände nahm. „Ich kenne deinen Körper, Süße. Ich kenne jeden Zentimeter von dir. Nun, fast alles, aber bald werde ich alles nehmen."

Auf mein verwirrtes Stirnrunzeln hin, fuhr er lediglich

fort: „Ich habe wochenlang über diese perfekten Titten nachgedacht. Ich *weiß*, wie sie sich anfühlen sollten und sie sind viel größer." Er streichelte mit seinen Daumen über die stumpfen Spitzen, was sie schnell hart werden ließ.

Meine Augen schlossen sich und mein Kopf fiel zurück. „Das gefällt mir", gestand ich.

„Mmh", summte er. „Du kannst nichts vor mir verstecken. Ich sehe alles von dir, Süße."

Ich beugte mich nach unten und umfasste seinen bärtigen Kiefer. „Ich sehe dich auch."

Er betrachtete mich für eine Minute, dann erwiderte er leise: „Ja, ich denke, das tust du." Seine Augen verengten sich. „Lily, ich sollte dir gleich nochmal den Hintern versohlen, weil du mit meinem *Baby* schwanger bist und direkt in einen Banküberfall marschiert bist. Ich bin mir sicher, du bist in den vergangenen sechs Wochen auf einem Pferd geritten und ich habe dir gut und hart den Hintern versohlt. Meine Fresse, Frau, warum hast du mich nicht aufgehalten? Ich hab dich auch richtig hart gefickt. Was ist mit dem Baby? Ich werde dich an mein Bett fesseln müssen und nie wieder rauslassen. Du bist scheinbar wenigstens ein bisschen fügsam und gehorsam, wenn ich dich in die Unterwerfung gefickt habe."

Er war wieder aufgebracht und ich versuchte ihn mit meinen Händen auf seinem Gesicht, seinen Haaren zu beruhigen, indem ich mit meinen Fingern durch die längeren Locken glitt.

„Dem Baby geht es gut."

„Woher willst du das wissen?"

„Weil ich bei Dr. Bower wohne und Ethan Arzt ist und ich alles über diese Dinge weiß. Dem Baby geht es gut", wiederholte ich. „Mir geht es gut. Was das Hintern versohlen betrifft, so habe ich nichts dagegen, wenn du das weglässt, bis das Baby geboren wurde."

„Oh, ich denke, dir den Hintern zu versohlen, ist viel sicherer als einige der riskanten Dinge, die du selbst tun wirst. Wenn dich ein wunder Hintern dein Verhalten überdenken lässt, dann werde ich weitermachen. Aber", da grinste er, „ich habe auch noch andere Methoden, dich zu bestrafen."

„Oh?", fragte ich nervös.

Er breitete mein Kleid auf dem Boden hinter mir aus und senkte mich darauf. Er stupste gegen meine Knie, spreizte meine Schenkel, anschließend ließ er sich zwischen ihnen nieder. Das hohe Gras umgab uns, verbarg uns vollständig vor allem. Wir befanden uns in unserer eigenen kleinen Welt.

„Ich werde jetzt von dir kosten und herausfinden, ob du noch so süß bist wie in meiner Erinnerung. Ich werde dich zum Höhepunkt bringen, wieder und wieder. Die süßeste Bestrafung, die es gibt. Dann werde ich dich ficken, Lily. Du wirst unsere vermischten Säfte von meinem Schwanz lecken, dann werde ich dich wieder ficken."

Ich stöhnte bei seinen Worten, dann stöhnte ich sogar noch lauter, als seine Zunge über meine Spalte glitt. Als er seine Daumen nutzte, um mich zu öffnen, und er zwei Finger tief in mich schob, wusste ich, dass mir diese Art der Bestrafung sehr gut gefallen würde.

9

ACK

Ich wagte es nicht, mich noch einmal in Bozeman blicken zu lassen, obwohl es der nahegelegenste Ort für uns war, um den Zug zu besteigen. Ich würde Lily in ihrem Zustand unter keinen Umständen erlauben, den ganzen Weg nach Butte zu reiten. Ein Baby! Heiliges Kanonenrohr, ich würde Vater werden. Noch vor sechs Wochen hätte mich die Vorstellung eines eigenen Kindes zum Schwitzen gebracht, da ich es für einen wahrgewordenen Alptraum hielt.

Ich war neun Jahre alt gewesen, als mein Vater gestorben war, ein Kriegsgefangener im schrecklichen Andersonville. Er war tot und in einem anonymen Grab in Georgia vergraben worden, bevor die Nachricht seines Ablebens meine Mutter erreicht hatte. Irgendwie war die Erinnerung an die uniformierten Männer, die über die sanften Hügel aus der Stadt zu uns gekommen waren, selbst jetzt noch klar und deutlich. Jene gesamte Woche war das. Da ich in Westmaryland aufgewachsen war, hatte sich unsere Farm mitten im Zentrum der Kämpfe von '63 und '64 befunden. So waren die Rebellen durch unser Land zu berühmt berüchtigten Schlachten wie Antietam und Gettysburg marschiert. Sie hatten einen Pfad der Zerstörung hinter sich hergezogen, der meine Mutter einschloss, die keinen Mann gehabt hatte, um sie zu beschützen.

Ich hatte damals nicht verstanden, was vor sich ging, als ich von meinem Versteck unter der Veranda, wo sie mich hingeschickt hatte, beobachtet hatte, wie eine kleine Patrouille sie in die Scheune gebracht hatte. Ich hatte flach auf meinem Bauch gelegen und Angst gehabt, herauszukommen, hatte mir sogar in die Hose gemacht, während ich gewartet hatte. Die Männer waren zuerst rausgekommen und über den Hügel gelaufen. Eine Stunde später hatte ich endlich beobachten können, wie meine Mutter rauskam, zerzaust und nur noch die Hülle der Frau, die sie einst gewesen war. Sie hatten nicht nur ihren Körper geschändet, sondern auch ihren Geist zerstört. Als die Armee uns die Nachricht vom Tod meines Vaters überbracht hatte, hatte sie daher nur zwei Tage gebraucht, um in die gleiche Scheune zu gehen und sich mit der Flinte meines Vaters das Gehirn weg zu pusten. Ich war jung gewesen, allein auf einer Farm und hatte meine Mutter in einem Loch beerdigt, das ich zwei Tage lang ausgehoben hatte.

Da hatte ich mir geschworen, dass ich die Welt vom Bösen befreien würde, eine Person nach der anderen. Ich hatte die Männer, die meine Mutter vergewaltigt hatten, nicht an den Galgen bringen können, aber ich hatte seitdem viele andere der Gerechtigkeit überführt. Ich hatte nicht vorgehabt, ein Kind in die Welt zu setzen, nur damit es genauso leiden konnte, wie ich es getan hatte, damit es zuschauen musste, wie die, die es liebte, zerstört wurden und letztendlich starben.

Aber Lily hatte das verändert. Es war ihr verdammter Anblick auf der Straße gewesen. Dieser hatte ausgereicht, dass sie meine abgestumpfte, einsiedlerische Lebensweise zertrümmert hatte. Ich wollte mich in ihrem Duft, ihrer Gutherzigkeit, ihrer Unschuld verlieren. Ich hatte ihr einen Teil von mir geben wollen, aber ich hatte nicht gedacht, dass er die Gestalt eines Babys haben würde. Eines Babys, das wir gezeugt hatten.

Dieses Baby würde geliebt werden. Dieses Baby würde beschützt und behütet werden, in Sicherheit sein. Lily würde eine unglaubliche Mutter sein und ich hoffte, dass ich mit ihrer Anleitung ein anständiger Vater sein würde, solange ich ihn nicht fallen ließ. Oder sie. Grundgütiger, ein Mädchen. Wenn Lily ein Mädchen mit roten lockigen Haaren bekam, war ich erledigt.

„Du bist ganz in Gedanken versunken", meinte Lily, womit sie mich aus eben diesen riss. Wir standen am Bahnhof in Three Forks, das ferne Rattern und Zischen des Zuges aus dem Osten wurde immer lauter. „Warum ballst du deine Fäuste?"

„Ich habe gerade über unser Baby nachgedacht. Wenn es ein Mädchen ist, werde ich ihr mit meiner Flinte überallhin folgen."

Lily blickte auf die Gleise hinab. Ich hatte sie dicht an mich gezogen. Es stand sonst niemand auf dem Bahnsteig, aber ich ließ sie nicht mehr aus den Augen, ganz zu schweigen aus meinen Armen.

Ihre Augen funkelten, während sie lachte. „Ich bin mir sicher die Lehrerin würde sich an ihrem ersten Schultag sehr darüber freuen." Sie tätschelte meinen Arm. „Wie wäre es damit? Du lässt mich die nächsten Monate auf sie aufpassen. Dann, wenn sie auf der Welt ist, kannst du anfangen, wegen Kleinkindern, die sie verfolgen könnten, in Panik auszubrechen."

„Das ist nicht witzig, Lily", grummelte ich. „Dieses Baby hat eine waghalsige Mutter."

Lily verdrehte ihre Augen in meine Richtung.

„Ich habe keine schönen Erinnerungen an meine Kindheit. Daher ist dieses Kind mit einem Vater wie mir schon gestraft genug", gestand ich.

Als ihre kleine Hand meinen Bizeps hinabstreichelte, wusste ich, dass sie versuchte, mich zu trösten. Dadurch merkte ich erst, dass ich ganz steif und angespannt war. Ich seufzte und versuchte mich zu entspannen.

„Dieses Kind wird die besten Teile von uns beiden haben."

„Deine wunderbaren Haare", sagte ich.

„Deine besitzergreifende Art."

„Verdammt richtig", knurrte ich, nahm ihre Hand und küsste den Ring, den ich ihr an den Finger gesteckt hatte.

„Matthews!"

Wir wandten unsere Köpfe, um den Oberstleutnant zu entdecken, der von der anderen Seite des Bahnsteigs auf uns zukam. Er schüttelte meine Hand, dann zog er vor Lily den Hut. Ich stellte sie kurz einander vor.

„Wir konnten sie heute Morgen fassen. Sie hatten das Geld in ihren Satteltaschen."

Erleichterung strömte durch meine Adern. Es war endlich vorbei.

„Beide haben den jeweils anderen belastet." Der Oberst wippte auf seinen Fersen und griff sich ans Revers seiner Uniformjacke. Er platzte beinahe vor Freude.

„Beide?", fragte ich. „Es gab aber drei."

Das Lächeln auf dem Gesicht des Mannes verblasste. „Drei? Wo zur Hölle ist er dann?"

„Haben Sie Benson?"

Er nickte. „Und einen Mann namens Crumb."

„Ihnen fehlt Morgan. Groß, dunkelhaarig, ungepflegter Bart. Meine Größe, aber gedrungener. Er ritt einen Appaloosa. Braun und weiß."

Der Oberst runzelte die Stirn. „Er hätte sich in der Zwischenzeit die Haare schneiden und rasieren können. So wie Sie aussehen, bin ich mir sicher, dass das einen erheblichen Unterschied macht. Er hätte auch sein verdammtes Pferd wechseln können." Er fluchte unterdrückt. „Verzeihen Sie, Ma'am."

Lily lächelte ihn schwach an, aber schwieg ausnahmsweise einmal, obwohl sie es hasste, Ma'am genannt zu werden. Wenn er nur wüsste, wie gerne sie fluchte. Der Mann wäre wahrscheinlich schneller beleidigt als sie.

„Oberstleutnant, mein Auftrag von Finnemann und den anderen lautete, Benson auszuliefern und das habe ich getan. Ich nehme an, wenn wir in Butte ankommen, werde ich nicht festgenommen und gehängt werden?"

Der Mann lächelte und wirkte dadurch um einige Jahre jünger. Er hatte in seinem Leben wahrscheinlich schon so viele Kämpfe gesehen, dass es für ein ganzes Leben reichte. „Eine berichtigte Version der Geschichte wurde in die Zeitung gesetzt."

„Ich nehme an, um den Besitzer so darzustellen, als hätte allein seine Teilnahme an dem Ganzen dafür gesorgt, Benson zu fangen", erwiderte ich trocken.

Der Oberst lachte herzlich und schlug mir auf die

Schulter. „Natürlich, aber vergessen Sie nicht Mr. Granbys Eisenbahn."

Ich grunzte, denn ich wusste, dass beide Männer die Nachricht verbreiten würden, dass sie bei der Festnahme Bensons geholfen hätten. „Morgan ist nicht mein Problem. Meine Frau sicher zurück nach Butte zurückzubringen, allerdings schon." Ich warf einen Blick auf Lily und sie schürzte ihre Lippen. Gott, ich liebte es, sie zu ärgern.

Die Hängebacken des Obersts schwangen hin und her, als er seinen Kopf schüttelte. „Sie haben einen guten Job gemacht. Morgan ist kein Problem der Pinkertons. Ich wünsche Ihnen eine sichere Reise zurück nach Washington."

Ich sah, wie sich Lily versteifte und sich ihre Augen weiteten.

„Ma'am." Der Mann tippte sich an den Hut und ließ uns allein, gerade als der Zug einfuhr.

„Washington?"

Ich half ihr in den Wagon, dann führte ich sie in den hinteren Teil, wo sich Granbys persönliches Abteil befand. Ich behielt eine Hand auf ihrem Arm, als sich der Zug wieder in Bewegung setzte. Nachdem sich die Tür hinter uns geschlossen hatte, stoppte Lily. Ich beugte mich zu ihr und küsste ihren Hals.

„Das ist...unerwartet", entgegnete sie, als sie das prächtige Privatabteil musterte. Seide und Brokat, Ebenholz und andere Luxusgüter zierten das Abteil, als ob wir uns in einer edlen Villa in der Pennsylvania Avenue befänden.

„Ein Vorteil meines Jobs."

Sie drehte sich nicht um, sondern neigte ihren Kopf zur Seite, um mir besseren Zugang zu dieser empfindlichen Stelle hinter ihrem Ohr zu gewähren. Das war jedoch nicht mehr die einzige empfindliche Stelle an ihrem perfekten

Körper. Sie war empfindsam...überall. „Wo wir gerade davon sprechen...Washington?"

„Willst du darüber reden oder lieber dieses wundervolle Transportmittel für die nächsten Stunden genießen?", murmelte ich, während der Zug leicht von links nach rechts schwankte. Für einen so bemerkenswert warmen Tag war das Innere des Zuges kühl und der Duft nach Zitronen hing in der Luft.

Lily wirbelte herum, holte tief Luft und begann zu sprechen. „Ich denke, wir müssen darüber reden, denn wir haben nur zwei Tage in der Gesellschaft des anderen verbracht und wir erwarten ein Baby und wir sind in diesem schicken Zugabteil und mir wird klar, dass ich nichts über dich weiß – "

Ihre Worte purzelten in einem schnellen Schwall aus ihrem Mund und ich legte meinen Finger auf ihre Lippen, um sie zu stoppen. Ihre Augen weiteten sich, dann verengten sie sich, als ich das tat.

„Und schon tust du es wieder und denkst. Wenn du nicht aufhören kannst, zu reden, habe ich etwas, das ich dir in den Mund stecken kann. Ich weiß noch, wie sehr ich das das letzte Mal genossen habe. Oder hättest du meinen Schwanz lieber wo anders?"

Ich sah, dass sich ihre Pupillen weiteten und mein Schwarz wurde hart, als ihre Zuge sich gegen meine Fingerspitze drückte. Sie schüttelte den Kopf.

Ich ergriff ihre Hand und half ihr hinab auf ihre Knie. Indem ich mich nach vorne beugte, küsste ich meinen Ring an ihrem Finger, während ich ihr in die Augen sah. Anschließend öffnete ich meine Hose. „Das ist richtig. Du gehörst auf deine Knie."

Während sie die Wurzel meines Schwanzes in ihrem winzigen Griff umschloss, sah sie mit ihren wunderschönen grünen Augen zu mir hoch. „Wohin gehörst du, Jack?"

Ich zog die Nadel aus ihrem Hut, dann warf ich sie auf den Boden, damit ich meine Finger in ihren seidigen Strähnen vergraben konnte. „Wo auch immer du bist, Süße." Ich schloss meine Augen und zog an ihren Haaren, während sie mich tief in ihrem Mund aufnahm. Die heißen, feuchten Bewegungen ihrer Zunge waren mein Untergang. „Wo auch immer du bist."

10

ILY

„Wenn dein Dr. Bower herausfindet, was ich mir dir im Zug gemacht habe, wird er seine Skalpelle holen", flüsterte mir Jack ins Ohr, als wir den Pfad zur Eingangstür von Dr. Bowers Haus erklommen. „Deine Familie ist nicht in der Stadt, oder?"

Nachdem ich Jacks Schwanz tief in meiner Kehle pulsieren gespürt hatte, hatte er ihn herausgezogen und mich auf seinen Schoß gesetzt. Ich hatte noch nie auf diese Weise gefickt, aber ich hatte den Ritt sehr genossen. Obwohl Jack ein Taschentuch benutzt hatte, um mich zu säubern, tropfte immer noch sein Samen aus mir und benetzte meine Schenkel. Kein Wunder, dass ich schwanger war. Mein Ehemann war voller Elan und sein Samen reichlich vorhanden.

„Dr. Bower wird dich mögen", versicherte ich ihm. Dr. Bower war alles andere als konventionell.

Mit einer Hand auf meinem Arm stoppte er mich und ich sah zu ihm hoch. Ich entdeckte Sorge in seinem Gesicht.

„Mein Gesicht war als das eines Gesetzlosen und Mörders in der Zeitung." Er fuhr sich mit der Hand über den Bart auf seinem Kiefer. „Ich sehe auf jeden Fall wie einer aus."

„Jack", tadelte ich ihn.

„Süße, ich habe kein eigenes Haus, nur eine einfache Junggesellenbude in Washington, aber das liegt fast zweitausend Meilen entfernt von hier. Wie wirke ich denn da auf einen Mann, der gerade erfahren hat, dass sein weiblicher Lehrling im Geheimen geheiratet hat?"

„Und schwanger ist", ergänzte ich.

„Grundgütiger." Er rollte mit den Augen und rieb sich mit der Hand über den Nacken.

„Du hast *mich* geheiratet, nicht ihn." Ich schenkte ihm ein sanftes Lächeln. „Jetzt komm schon." Ich zog ihn den restlichen Weg zur Eingangstür mit mir. Ich hielt inne und holte tief Luft. Jack hatte Recht, ich war leicht besorgt, was Dr. Bower denken würde, aber es gab jetzt kein Zurück mehr.

Das Haus war ruhig, die Standuhr am Ende der Treppe schlug zur vollen Stunde.

„Niemand ist zu Hause", stellte Jack fest, während er die Umgebung musterte.

Das Haus war unscheinbar, es war keine Bergarbeiterbaracke, aber auch keine Backsteinvilla eines Kupferkönigs. Rechts vom Eingang befand sich das Wohnzimmer, das Dr. Bower nie nutzte, außer wenn er Besuch bekam. Zur Linken war ein formelles Speisezimmer, das ebenfalls nur für Gäste genutzt wurde. Direkt vor uns lag die Treppe zum zweiten Stock und ein Flur, der zur Küche und Dr. Bowers Büro führte.

„Ich bin mir sicher, er ist in seinem Büro."

Ich zog die Nadel aus meinem Hut und diesen von meinem Kopf. „Dr. Bower!", rief ich. Meine Hände auf meine Haare drückend, vergewisserte ich mich, dass ich die Locken wieder ordentlich frisiert hatte, nachdem Jack sie im Zug einfach mit seinen Fingern durchwühlt hatte.

Ich lief durch den Flur, wobei meine Schritte laut auf den Holzböden hallten. „Dr. Bower hält nichts von Teppichen", erklärte ich. „Sie fangen zu viel Staub ein, vor allem im Winter."

Jack sagte gar nichts dazu und ich spähte um die geöffnete Tür. „Dr. Bower", wiederholte ich.

Er sah von seinen Papieren auf. Genau wie ich vermutet hatte, saß er an seinem Schreibtisch. Als er mich sah, lächelte er. „Lily. Ich freue mich, dass du zurückgekehrt bist." Ich hielt überrascht inne, weil er sich kein bisschen an der Tatsache zu stören schien, dass ich meinem Ehemann bis nach Bozeman hinterhergejagt war und das Undenkbare getan hatte – auf einen Banküberfall zu warten. „Hast du mir das Hammelkotelett, das ich so gerne mag, besorgt?"

Aus meinem Augenwinkel sah ich, dass sich Jack leicht versteifte.

Mein Magen drehte sich um, als mir bewusstwurde, dass Dr. Bower überhaupt keine Ahnung von meinen Taten hatte. Er hatte keinen blassen Schimmer, dass ich gelegentlich in der Metzgerei arbeitete. Er hatte nicht einmal die Blutflecke auf meinem Kleid bemerkt, aber noch viel wichtiger, er hatte auch meinen verbesserten Umgang mit einem Messer oder Patienten oder einem Skalpell nicht wahrgenommen.

„Nein", erwiderte ich leise. Ich wusste zwar, dass er auf

eine väterliche Art und Weise für mich empfand, aber er hatte nie sonderlich auf mich geachtet. War das der Grund dafür, dass ich so kratzbürstig und vorlaut war? Nein, das hatte schon weit vor meiner Ankunft in Butte begonnen. Vielleicht lag es daran, dass ich sieben Schwestern hatte und wir in unserer Kindheit alle versucht hatten, die Aufmerksamkeit auf uns zu lenken – wenn auch auf verschiedene Arten. Ich seufzte, da ich mir plötzlich all meiner Fehler bewusstwurde. „Wie war es in Anaconda?"

Er war einen Tag, bevor ich nach Bozeman aufgebrochen war, zu der kleinen Stadt nordwestlich von Butte gegangen.

„Schrecklicher Unfall, schreckliche Verbrennungen, aber das ganze Kupfer muss ja irgendwo geschmolzen werden. Ich bin heute Morgen zurückgekehrt und habe mit Dr. Meager in der Stadt zu Mittag gegessen."

Ich nickte, denn daraufhin gab es nicht wirklich eine Erwiderung. Ich war vier Tage weg gewesen und er war sich dessen nicht einmal bewusst. Sprach das für sein Vertrauen in meine Selbstständigkeit oder für Desinteresse?

„Dr. Bower, es gibt jemanden, den ich Ihnen gerne vorstellen möchte."

Seine dunklen Augenbrauen hoben sich und als Jack neben mir in die Tür trat, stand er auf.

„Das ist Jack Matthews."

Jack streckte seine Hand aus und schüttelte Dr. Bowers.

„Ich...äh, ich – " Die Worte blieben mir in der Kehle stecken. Vielleicht hielt mich der letzte Rest des lächerlichen Bedürfnisses, von ihm akzeptiert zu werden, davon ab zu sprechen.

„Ich habe Lily geheiratet", verkündete Jack ruhig.

Dr. Bower sah zwischen uns hin und her. „Sind Sie nicht

der Kerl, der einen Zug überfallen und jemanden getötet hat?"

Oh Gott, er würde das Skalpell holen, genau wie es Jack prophezeit hatte.

„Nein, ich war der Mann, der Bert Benson mit den dazu nötigen Mitteln der Gerechtigkeit zugeführt hat", entgegnete Jack.

„Gut, gut."

Ich runzelte die Stirn. *Gut?* „Dr. Bower", setzte ich an.

Er hielt seine Hand hoch. „Ich glaube sowieso nicht, was in diesem Schmierblatt geschrieben wird. Habe ich noch nie. Ich kenne den Besitzer, Finnemann, seit Jahren. Hab ihn damals in '72 wegen Gonorrhö behandelt."

Mein Mund klappte auf und Jack grinste.

„Du solltest dir eher Sorgen darüber machen, was deine zwei Mütter sagen werden."

„Nun", begann ich. „Nur Hyacinth hat in ihrer Anwesenheit geheiratet, also bezweifle ich, dass sie kaum noch etwas überraschen kann, wenn es darum geht, dass eines von uns Mädchen heiratet."

Es klopfte an der Eingangstür, dann rief jemand nach Dr. Bower.

„In meinem Büro", antwortete er mit so lauter Stimme, dass sie durch den Flur schalte.

Schritte kündigten Dr. Meagers Ankunft an.

Dr. Bower übernahm die Vorstellungen.

„Verheiratet?", fragte Dr. Meager. Er warf Jack einen kurzen Blick zu, aber bei mir ließ er sich Zeit. Jack zog mich wegen seines unverhohlenen Starrens an seine Seite. „Überraschend, Lily."

„Oh?", fragte ich, obwohl ich wusste, dass mir die Antwort nicht gefallen würde.

„Du hattest nicht viele Verehrer, seit ich dich kenne, und, nun, du hast meine Annäherungsversuche abgelehnt."

Jack schob mich hinter seinen Rücken. „Sie hat auf mich gewartet."

Dr. Meager hatte keinerlei *Annäherungsversuche* unternommen. Er ließ es lediglich...geschmackloser klingen, als es gewesen war. Der Mann hatte gesagt, er würde mir gerne den Hof machen, dass Dr. Bower dem zustimmen würde und ich hatte Nein gesagt und war aus dem Zimmer gelaufen. Der Mann war gekränkt und verhielt sich genau wie die kleine Bisamratte, für die ich ihn schon von Anfang an gehalten hatte.

„Sollte ich Lily nach diesen *Annäherungsversuchen* fragen?" Als ich an Jacks Arm vorbeispähte, sah ich, dass Dr. Meagers Adamsapfel hüpfte, während er versuchte zu schlucken. Er hatte eindeutig ein wenig Angst vor Jack. Gut, der bösartige Mann hatte es verdient. Ich ergriff Jacks Hand und trat wieder neben ihn.

„Was brauchen Sie?", fragte Dr. Bower und schaute zu Dr. Meager. Er mochte keinen Streit und es war offenkundig, dass einer entstehen würde, wenn er nicht eingriff. Streit bedeutete in diesem Fall, dass Jack Dr. Meagers Nase brechen würde.

„Ein Einsturz in der Flaming Jane."

Ich hatte von der Mine schon mal gehört, eine der Kupferadern in der Gegend, die einen eher übertriebenen Namen erhalten hatte.

Dr. Bower nickte entschlossen mit dem Kopf, während er seinen Arztkoffer holte. „Lily, leg das Hammelkotelett in die Eisbox. Ich brauche es heute Abend nicht. Ich bezweifle, dass ich vor morgen zurück sein werde."

Er setzte seinen Hut auf und folgte Dr. Meager aus der

Tür. Das Haus lag nun wieder ruhig da, mit Ausnahme des Tickens der vermaledeiten Uhr im Flur.

„Aber – " *Ich habe Ihnen doch gesagt, dass ich kein Hammelkotelett gekauft habe.* Er hatte mir zuvor nicht zugehört. Hatte er mich wirklich gehört, als ich ihm erzählt hatte, dass ich verheiratet war? Ich dachte an das vergangene Jahr zurück, in dem ich ihn auf Hausbesuche begleitet hatte. Hatte er *mich* bei sich haben wollen oder einen Assistenten? Hatte er mich nur bei Laune gehalten? War er Ethan etwas schuldig gewesen?

„Kostenlose Arbeit", brummelte ich.

Jack drückte meine Hand. „Was, Süße?"

„Er wollte kostenlose Arbeit. Ihm war egal, wen er hatte, dass ich es war. Er hat mir letzten Monat erzählt, dass die Bergarbeiter zu ungehobelt für mich seien."

„Dr. Bower hat dich beschützt", sagte Jack, eindeutig zufrieden darüber, dass mich Dr. Bower von möglichen Gefahren ferngehalten hatte. „Diese Bergarbeiter sind ungehobelt. Ich will dich nicht in ihrer Nähe haben, ist das klar?"

Ich tat seine strenge Warnung mit einem Winken ab und spann meine Gedanken weiter: „Ich wurde von Dr. Meager ersetzt. Es war nur eine Frage der Zeit, bis ich nach Hause hätte zurückkehren müssen."

Er streichelte mit einem Finger über meine Wange. „Obwohl du all diese Schwestern hast, hast du dich immer nur auf dich verlassen, nicht wahr, Süße?"

Ich sah hinab auf Jacks Hemd und nickte. „Ich war nicht…einsam. In einem Haus mit zehn Frauen kann man niemals einsam sein. Mir ist nur gerade bewusstgeworden, dass das wahrscheinlich der Grund dafür ist, warum ich so…aufsässig bin."

„Selbstständig", korrigierte mich Jack.

Ich seufzte und hob meine Augen, um für einen Moment in seine zu blicken. „Du hast doch sogar gesagt, ich sei kratzbürstig."

Gott, ich war deprimierend.

Er beugte sich an der Taille nach vorne, sodass wir uns auf Augenhöhe befanden und wartete, bis ich ihn ansah. Ich entdeckte Ernsthaftigkeit in seinem Blick. „Du bist kratzbürstig."

Ich zuckte bei seinen Worten zusammen.

„Und stur und klug und erfahren im Heilen und nett und hübsch und begehrenswert und...willst du, dass ich weitermache?"

Ich nickte, denn seine Worte waren wie Balsam für meine Seele.

„Wie wäre es damit? Ich mag dich, nein, ich liebe dich genau so, wie du bist. Ich mag deine kratzbürstige Seite, weil ich dir dann deinen prallen Hintern versohlen kann. Ich mag deine Sturheit, denn es gibt niemanden, mit dem ich lieber streiten würde. Ich mag deine verruchte Seite, denn dann kann ich deine süße Pussy ficken. Du bist all diese Dinge, aber am allerwichtigsten, du bist die Meine."

Ich hatte noch nie eine solche Liebeserklärung erhalten.

„Vielleicht hätte ich das alles sagen sollen, bevor wir geheiratet haben, bevor ich dich verlassen habe, um Benson nachzujagen. Aber ich dachte, du wüsstest es. Ich wusste es sofort. In jenem allererersten Moment."

„Jack", seufzte ich.

Er hob meine Hand zu seinem Mund und küsste meinen Ring. Ich erkannte das als seine Art, mir seine Liebe zu zeigen und als eine konstante Erinnerung daran, dass ich zu ihm gehörte. „Hast du vor, mit mir darüber zu diskutieren?"

Ich schüttelte den Kopf.

„Meine Eltern starben, als ich neun war", erklärte er. Der plötzliche Themenwechsel erschreckte mich.

Ich keuchte bei dem Gedanken an einen jungen Jack, der ganz allein in der Welt war, auf und hob meine Hand, um über seine Wange zu streichen. Sein Bart war weich, er war eine Spur dunkler als die Haare auf seinem Kopf.

„Ich werde dir irgendwann davon erzählen, aber nicht jetzt." In seiner Stimme schwang Düsternis mit, aber er lächelte mich schwach an. „Dr. Bower, er sorgt sich auf seine Weise um dich, da bin ich mir sicher. Er ist so in seiner eigenen Welt verloren, genauso wie du, wenn du ins Grübeln gerätst und abgelenkt bist."

Das stimmte. Seltsamerweise war ich diesbezüglich genau wie er.

„Wie gut, dass du mich hast, damit ich mich um dieses Problem kümmere." Er grinste und ich errötete, während er meinen Hintern durch mein Kleid tätschelte. „Muss ich dir jetzt diesbezüglich helfen?"

Ich biss auf meine Lippe und sah mich um. „Vielleicht", gab ich zu.

„Mrs. Matthews, Sie sind so ein verdorbenes Mädchen, dass Sie in Dr. Bowers Büro übers Knie gelegt werden wollen."

Ich schüttelte den Kopf. „Ich dachte..."

„Ja?"

„Nicht hier. Mein Schlafzimmer", murmelte ich.

Jack hob mein Kinn an und ich begegnete seinem begehrlichen Starren. „Dein Schlafzimmer? Du willst, dass ich dir den nackten Hintern in deinem Schlafzimmer versohle?"

Ich nickte.

„Du weißt, zu was das führen wird?", erkundigte er sich.

Ich leckte über meine Lippen. „Ficken."

„Das stimmt, Süße."

Er nahm meine Hand, führte mich den Flur hinab und dann die Treppe hoch in mein Schlafzimmer. Obwohl er noch nie zuvor in dem Haus gewesen war, schien er genau zu wissen, wo er hingehen musste.

„Ich werde dich auf eine Weise ficken, die dich wirklich verderben wird."

Als er die Tür mit seinem Fuß zutrat, fragte ich mich, was genau er im Sinn hatte.

11

ACK

Lilys Bett war so klein, dass ich mit ihr auf meinem Bauch ausgebreitet aufwachte. Ich hatte seitlich geschlafen, damit meine Füße über die Seite hatten hängen können. Für eine Nacht war das ja schön und gut, insbesondere weil die Dinge, die ich mit meiner Frau in Dr. Bowers Haus getan hatte, ans Licht gebracht hatten, dass sie ein *sehr* verdorbenes Mädchen war.

„Guten Morgen, Süße", murmelte ich, als sie sich in meinen Armen regte.

„Mmh, Morgen."

Sie lag warm und nackt in meinen Armen, mein Schwanz drückte hart gegen ihren Bauch. Wenn sie erst einmal wach genug war, um das zu bemerken, würde ich sie wieder nehmen. Allerdings würde ich daran denken müssen, dass sie unser Kind in sich trug.

„Wie fühlst du dich? Keine Übelkeit?"

Sie schüttelte den Kopf. „Nein. Ich bin nur oft müde und kann den Geruch von gebratenem Fleisch nicht ertragen."

„Und ich dachte, dass meine Aufmerksamkeiten letzte Nacht dich so erschöpft hätten."

Sie stöhnte. „Das haben sie und das Baby auch." Sie schwieg für eine Minute. „Ich wache gerne mit dir auf", fügte sie hinzu und rieb ihre Wange an meiner nackten Brust.

Ich streichelte mit meiner Hand über ihren Rücken und schob dabei das Laken von ihr.

„Wir sind seit sechs Wochen verheiratet und heute ist das erste Mal, dass wir das tun konnten", merkte ich an.

Sie versteifte sich. „Ist Dr. Bower gestern Abend zurückgekommen?"

„Wir sind verheiratet, Süße. Welchen Unterschied macht es, dass ich mit dir in deinem Schlafzimmer schlafe?"

Sie drehte ihren Kopf und stützte ihr Kinn auf mich, sodass sie mir in die Augen schauen konnte. „Das ist es nicht." Sie biss auf ihre Lippe.

„Was ist es dann, dass du eine Schreierin bist?"

Sie errötete wunderschön und ich hob eine ihrer leuchtend roten Locken hoch, spielte mit der seidigen Strähne. Ich genoss es, sie so peinlich berührt zu sehen.

„Jack", stöhnte sie.

Ich drückte sie nach oben, sodass wir beide saßen. „Wofür schämst du dich? Vertrau mir, es gibt nichts, das du willst, ganz egal wie versaut es ist, das mir nicht gefallen wird."

„Wirklich?", fragte sie.

„Wirklich", wiederholte ich. Ich zog sie aus dem Bett und hob einen ihrer Strümpfe auf. „Reich mir deine Handgelenke."

Sie hob eine Braue und ich liebte es, dass sie noch tiefer errötete bis hin zu den blassen Kurven ihrer Brüste. Ohne zu zögern, kam sie meinem Wunsch nach. Ich schob sie rückwärts zum geöffneten Fenster, dann hob ich ihre Arme über ihren Kopf und befestigte das Ende des Strumpfes in der Mitte der hölzernen Vorhangstange. Das Fenster war für die Sommerbrise geöffnet, die Stadt erwachte so langsam zum Leben, obwohl es noch recht früh war. Das Haus stand zwar in der Stadt, aber in einer ruhigeren Straße.

Sie wackelte mit ihren Handgelenken, um die Fesseln zu testen, aber der Strumpf hielt. Sie stand bequem mit beiden Füßen flach auf dem Boden und konnte ihre Arme bis zu ihrem Gesicht nach unten ziehen, aber nicht tiefer. „Jack, jemand könnte mich sehen!"

Ich betrachtete ihren nackten Körper, da ich bisher keine richtige Gelegenheit gehabt hatte, das bei Tageslicht zu tun. „Meine Güte, du bist wunderschön." Ehrfürchtig streichelte ich mit meinen Händen über ihre Arme, ihre Seiten entlang, dann nach oben, um ihre Brüste zu umfassen, die nach vorne gedrückt wurden, weil ihre Arme über ihrem Kopf befestigt waren. „Ich liebe deine Titten, wenn sie so sind. Sie sind jetzt so empfindlich, nicht wahr?"

Als ich mit meinem Daumen über die Nippel streichelte, stöhnte sie.

„Ich wette, ich kann dich allein dadurch zum Höhepunkt bringen." Ich hob meine Augenbraue, forderte sie dazu heraus, mir zu widersprechen.

„Jack", wiederholte sie, dieses Mal in einem atemlosen Flüstern.

Meine Hände wanderten tiefer über ihren flachen Bauch und Freude wallte in meiner Brust auf, denn ich wusste, dass sich unser Kind sicher darin befand. Ich glitt weiter bis zu den roten Locken zwischen ihren Schenkeln, dann noch tiefer. Sie war bereits feucht und schlüpfrig, ihre Schamlippen geschwollen und prall, bereit für mich.

Ich sank auf meine Knie und stupste mit meiner Nase gegen sie, atmete den moschusartigen Duft ihrer Erregung ein. Sie sah mich mit solcher Leidenschaft, solchem Vertrauen in den Augen an.

„Ich werde jetzt deine Pussy lecken, Süße, und du wirst kommen. Dann werde ich dich ficken. Genau hier."

Sie wirbelte herum, um über ihre Schulter zu blicken. „Jeder kann uns sehen", zischte sie.

„Nur, wenn sie in diese Richtung schauen. Sei still und niemand wird zu deinem Schlafzimmerfenster hochschauen. Aber, wenn du diese hinreißenden Seufzer von dir gibst, die ich so sehr liebe, bin ich mir sicher, dass du ein ziemlich großes Publikum haben wirst."

Ich gab ihr keine Möglichkeit, darüber nachzudenken, denn das war das Letzte, was ich von ihr wollte. Auch wenn sie von jemandem, der zum zweiten Stock des Bower Hauses hochsah, gesehen werden *könnte*, waren die Chancen, dass das geschah, doch recht gering. Es war erst kurz nach Morgengrauen und ihr Fenster blickte Richtung Westen, wodurch es bis später am Tag von der Sonne abgeschirmt war. Ich würde sie nicht in Gefahr bringen oder irgendwohin, wo jemand wirklich einen Blick auf meine umwerfende Frau erhaschen könnte. Ihr Körper, ihr Vergnügen gehörten mir.

Ich drängte ihre Beine weit auseinander, legte meinen Mund auf ihre süßeste Stelle und ließ sie alles vergessen, alles außer mir.

LILY

. . .

„Wo werden wir wohnen?", wollte ich wissen. Wir waren wieder einmal im Bett, aber dieses Mal klebte Jacks Samen an mir und mein Strumpf war nach wie vor um ein Handgelenk gewickelt. Meine Haare hingen wild zerzaust über meinen Rücken und ich lag auf ihm, unsere Beine waren ineinander verschlungen. Das Zimmer roch nach Sex. Wir rochen nach Sex. Es war dekadent, nicht nur untertags herumzuliegen, sondern auch noch in meinem Schlafzimmer. Dr. Bower war noch nicht zurückgekommen, was ich erwartet hatte, aber er könnte jederzeit durch die Tür treten mit Dr. Meager im Schlepptau. Es war mir egal. Es war mir völlig egal.

Wenn ich vor meinem geöffneten Fenster gefickt werden konnte, wo die Möglichkeit bestand, dass mich jemand sah, dann konnte ich auch splitterfasernackt mit meinem Mann im Bett bleiben.

„Ich habe kein Zuhause, zumindest keines für eine Ehefrau." Seine Finger strichen durch meine Haare. „*Definitiv* nicht für ein Baby. Ich bezweifle, dass du Washington mögen würdest."

„Magst *du* Washington?"

Ich spürte, dass er mit den Achseln zuckte. „Ich war seit fast einem Jahr nicht mehr dort. Das Montana Territorium, es ist...anders. Schön. Wild. Mir gefällt es hier." Ich hörte, dass seine Hand über seinen Bart rieb. Ich fragte mich, ob er ihn behalten oder abrasieren würde. Er war weich und dennoch kratzig an der sensiblen Haut meiner Innenschenkel und ich war der Meinung, dass er definitiv seine Vorzüge hatte. „Die Frauen sind...hochnäsig. Manche sind sogar kratzbürstig."

„Hmm", erwiderte ich. „Hochnäsige Frauen. Und auch

noch kratzbürstig? Ich bezweifle, dass ich da reinpassen würde."

Er lachte über meinen trockenen Humor. An dem Tag, an dem wir uns kennengelernt hatten, hatte er gesagt, er würde die Kratzbürstigkeit aus mir ficken. Ich dachte mir im Stillen, dass er das vielleicht wirklich getan hatte, aber das würde ich ihm nicht verraten.

„Ich brauche nicht viel", erklärte ich ihm stattdessen.

„Aber du brauchst eine Aufgabe. Ich liebte dich und verließ dich. Eine Frau ohne Ehemann. Es tut mir leid."

„Du hast gearbeitet. Ich werde mir aber Sorgen machen, wenn du wieder gehst, jetzt wo ich die Art von Männern kenne, die du verfolgst."

Er zupfte an meinen Haaren, sodass ich ihn anschauen musste. „Süße, du musst dir um nichts anderes Sorgen machen als das Baby, das ich dir in deinen Bauch gepflanzt habe. Ich habe zwar keinen Ort, an dem wir leben können, aber ich habe Geld. Ich habe mit den Kupferkönigen bezüglich Benson eine Vereinbarung getroffen. Wir können alles tun, was du dir wünschst. Überallhin gehen, wo du willst. In der Nähe deiner Familie wohnen."

„Was ist mit deinem Job?"

„Mein Job ist jetzt, mich um dich zu kümmern."

„Was ist mit deiner Rolle als Pinkerton?"

Er seufzte, seine Brust hob und senkte sich unter meiner Wange. „Ich habe mein Leben damit verbracht, wütend zu sein, Süße. In dem Versuch, Gerechtigkeit zu finden, wo auch immer ich konnte. Ich bin durch das ganze Land gereist und habe versucht, sie zu finden."

Ich runzelte die Stirn und kreiste mit meinem Finger durch seine Brusthaare. „Ich verstehe nicht."

Er rutschte leicht hin und her, weshalb ich mich von ihm hob. Er bewegte sich so, dass er aufrecht dasaß und an dem Messinggestänge des Bettes lehnte. Ich stemmte mich auf meine Ellbogen, sodass ich ihn anschauen konnte.

„Mein Vater starb im Krieg. Meine Mutter starb letzten Endes an gebrochenem Herzen."

Ich konnte sehen, dass jegliche Freude aus seinen Augen wich und sich seine Muskeln anspannten, während er sprach.

„Als mein Vater in den Krieg zog, war ich klein, sechs oder so. Meine Mutter zeigte mir ein Versteck unter der Veranda, in das ich beim ersten Anzeichen von Gefahr gehen sollte. Sie sagte, wir würden gegen böse Menschen kämpfen. Ich war zu jung, um zu verstehen, dass das bedeutete, dass mein Vater losgezogen war, um zu helfen."

Er holte Luft, blickte auf die gegenüberliegende Wand anstatt zu mir. Ich schwieg, denn diese herzzerreißende Geschichte hatte Jack zu demjenigen gemacht, der er war.

„Ich war zehn, als sie kamen. Meine Mutter schickte mich unter die Veranda, damit sie nicht wussten, dass ich dort war." Er schluckte. „Ich beobachtete, wie sie sie in die Scheune brachten. Sie gingen eine Stunde später, aber ich blieb in meinem Versteck. Sie kam bald darauf heraus, zerzaust. Ich erfuhr später, dass sie sie vergewaltigt hatten. Aber als Zehnjähriger wusste ich nur, dass sie ihr etwas genommen hatten. Kurz darauf erreichte uns die Nachricht vom Tod meines Vaters. Es war mehrere Jahre her, seit sie ihn zuletzt gesehen hatte, aber der Verlust war brutal für sie, vor allem nach dem, was die Soldaten getan hatten. Sie brachte sich wenig später um."

Ich keuchte und setzte mich aufrecht hin, schlang meine Arme um seinen Hals und weinte an seiner Schulter, wobei sein Bart meine Stirn kitzelte. Er tröstete mich, während ich um eine Frau weinte, die von Männern zerstört worden war. Männern, die den Krieg als

Entschuldigung dafür genutzt hatten, Unschuldigen zu schaden.

Schniefend löste ich mich von ihm. „Du willst Gerechtigkeit für deine Mutter."

Er wischte mit seinem Daumen eine Träne von meiner Wange. „Das wollte ich. Jahrelang wollte ich das. Ich jagte einen Gesetzlosen nach dem anderen durch das ganze Land in dem Versuch, eine Art Gerechtigkeit für das, was ihr passiert war, zu finden." Er seufzte. „Meine Eltern werden keine Gerechtigkeit erfahren, denn im Krieg gibt es keine. Es gibt keine, ganz egal, wie viele Gesetzesbrecher ich jage. Ich habe das im vergangenen Monat herausgefunden."

„Oh?", fragte ich, da ich Angst hatte, mehr zu sagen, Angst, dass er beschließen könnte, nichts mehr zu erzählen.

„Mein Leben ist bei dir, Süße. Ich will in die Zukunft schauen, mit unserem Baby." Er legte seine Hand auf meinen flachen Bauch und ich legte meine über seine. Ich sah hinab auf unsere vereinten Hände. Der Ring, den er mir gegeben hatte, war nicht länger der einzige greifbare Beweis unserer Liebe. „Es ist an der Zeit, damit aufzuhören, in der Vergangenheit zu leben."

ICH MUSSTE EINGESCHLAFEN SEIN, denn ich wachte von der Sonne auf, die durch die Fenster schien und Jack war nicht mehr im Bett. Nur das Ticken der Standuhr drang die Treppe hoch. Draußen hörte ich das schwere Hufklappern eines Pferdes, aber ansonsten war alles ruhig. Wo war Jack und wie lange war er schon weg? Ich lag in meinem Bett und legte eine Hand auf meinen Bauch. Ich konnte nicht anders, als darüber zu staunen, dass ich tatsächlich ein Baby in mir nährte. Weiter unten spürte ich Jacks Samen klebrig auf meinen Schenkeln. Ich war nackt und nur die Laken bedeckten mich teilweise. Ich sah bestimmt wie ein Gemälde aus. Verrucht und lüstern. Das brachte mich zum Grinsen.

Ich arbeitete nicht mehr für Dr. Bower, erfüllte seine Wünsche oder versuchte, irgendeine Aufgabe für mich zu finden. Ich war Jacks Frau, der mich genau so zu mögen schien, wie ich war. Auch wenn ich auf irrsinnigste Weise versucht hatte, seine Aufmerksamkeit zu erlangen – Nachforschungen anstellen und das Aufspüren einer Bande Gesetzloser sowie das Warten vor einer Bank, die überfallen werden sollte – so fühlte ich doch, als hätte ich meinen Standpunkt klar ausgedrückt.

Jack kannte meine Intelligenz, kannte meine Eigenheiten. Er wusste alles und dennoch wollte er mich. Ich wusste viel weniger über ihn. Wir hatten zwei Tage miteinander verbracht, dann war er gegangen. Ich hatte die Lügen von der Wahrheit über meinen wagemutigen und gerechtigkeitssuchenden Ehemann trennen müssen. Er hatte Jahre damit verbracht, wegen seiner Arbeit im Geheimen zu leben. Ein Gesetzesbrecher könnte jede Schwäche gegen einen Mann wie Jack verwenden. Er hatte mir die traurige Geschichte seiner Eltern erzählt und das hatte mir einen tiefen Einblick in seinen Charakter, sowie die Art Mann, die er war, gewährt. Ich liebte ihn deswegen umso mehr.

Er hatte gesagt, dass ich diejenige sei, die den Wunsch in ihm weckte, nach einem neuen Leben, einer neuen Richtung zu suchen. Ich denke, dasselbe könnte auch über mich gesagt werden. Ich war genauso ziellos in Butte gewesen, hatte darauf gewartet, dass mir Dr. Bower ein wenig Aufmerksamkeit und eine Aufgabe gab. Es war nur eine Frage der Zeit gewesen, bevor ich nach Hause zurückkehren hätte müssen, um auch auf der Ranch orientierungslos nach einer Aufgabe zu suchen. Im Nachhinein hatte sich die Anstellung von Dr. Meager doch als Segen herausgestellt, denn auch wenn ich gut darin war, Patienten zu behandeln, war es nicht das, was mein Leben wahrhaftig erfüllen würde. Ich wusste nicht genau, was das war, aber ich wusste, dass ich es bei Jack und bei diesem Baby, das wir gemacht hatten, finden würde. Genau wie er gesagt hatte, war es die Zukunft.

Lächelnd stieg ich zum letzten Mal aus dem Bett. Ich würde baden und mich ankleiden, dann meinen Koffer packen. Es war an der Zeit, für die Zukunft zu leben. Mit Jack.

Zwei Stunden später legte ich die letzten Kleider zusammen und platzierte sie zuoberst in meinem Koffer. Ich hörte, dass sich die Hintertür öffnete und schloss, dann Schritte im Flur und auf der Treppe. Mein Herz sprang mir bei Jacks Rückkehr in die Kehle. Die Aufregung, dass er immer näher und näher kam war...berauschend. Er gehörte mir und er kam zurück. Mir war nicht klar gewesen, dass ich mir Sorgen gemacht hatte, er würde wieder ohne mich verschwinden, bis ich seine Rückkehr vernahm. Anstatt das letzte Kleid zusammenzulegen, rollte ich es einfach auf und stopfte es oben auf den Stapel, dann schloss ich die Klappe des Koffers. „Ich hab ihn gepackt. Du wirst ihn die Treppe runtertragen müssen", verkündete ich.

Ich wirbelte mit einem breiten Grinsen herum, das sofort erstarb, als ich sah, dass nicht Jack in meiner geöffneten Tür stand. Sondern Morgan.

„Oh, Scheiße", flüsterte ich.

„Weiß dein Mann, dass du fluchst?", fragte er. Eine Schulter lehnte am Türrahmen, während er einen Fingernagel mit der Spitze eines scharfen Messers reinigte.

Er war entspannt und zu selbstbewusst. Ein Zeichen für einen Gesetzlosen, der vor nichts Angst hatte. „Ganz richtig, dein Mann. Nicht Pike, sondern Matthews. Ein verdammter Pinkerton mit einer Braut, die ganz zufällig in der Bank war, als wir sie überfielen."

Das war nicht gut. Jack hatte diesen Mann nicht nur um das Geld von der Bank gebracht, sondern er hatte das auch noch getan, indem er wochenlang eine falsche Identität angenommen hatte. Ich hegte keinerlei Zweifel daran, dass er Jack tot sehen wollte, aber sein Interesse daran, mich leiden zu sehen – und dadurch auch Jack – war stärker.

Ich schluckte den Angstklumpen hinunter. „Jack wird bald zurückkommen. Wenn dir dein Leben lieb ist, machst du dich am besten auf den Weg. Ich werde ihm nicht verraten, dass du hier warst."

Er hob seine Knopfaugen zu meinen. „Er wird nicht so schnell wiederkommen."

Mein erster Gedanke war, dass Jack mich verlassen hatte, dass er irgendeinen Pinkerton-Auftrag angenommen hatte und sich bereits auf halbem Weg nach Missoula befand. Vielleicht war er auch in einen Ostzug nach Washington gestiegen. Nein. Jack hätte so etwas nicht getan, daher sagte ich nur: „Oh?"

„Er hat ein Treffen im Saloon mit diesem Mann vom Militär. So wie die Damen die beiden umschwärmt haben, gehe ich davon aus, dass sie die ganze Nacht dort sein werden."

Die Worte peitschten wie Waffen durch die Luft mit der Absicht mich zu verletzen. Jack würde mit keinem Saloonmädchen anbandeln. Die Männer, mit denen er sich traf, würden das vielleicht tun, aber Jack ging nicht fremd. Er war ehrenhafter als Morgan es sich jemals erträumen könnte. Nichtsdestotrotz, wenn er wirklich im Saloon war, würde er wahrscheinlich nicht rechtzeitig zurückkommen, um mich zu retten. Ich musste mich selbst retten.

„Matthews hat mir etwas genommen und ich werde etwas von ihm nehmen. Lass uns gehen."

Er stellte sich aufrecht hin und machte einen Schritt auf mich zu. Er hatte eine ähnliche Größe wie Jack, aber war viel wuchtiger. Jack bestand aus sehnigen, harten Muskeln, aber dieser Mann musste mehr Steak als Dr. Bower essen und nach der Größe seines Bauches und der rosigen Farbe seiner Nase zu urteilen, auch dem Alkohol sehr zusprechen. Das verlangsamte ihn vielleicht in einem Kampf, aber würde ihn nicht davon abhalten, mir Schaden zuzufügen.

„Warum sollte ich mit dir gehen?"

„Ich kann dich hier töten", er hielt sein Messer hoch, „aber ich würde Matthews vorher gerne leiden lassen."

Ich trat hinter den Koffer, der eine stabile Barriere zwischen uns darstellte, aber das Zimmer war klein. Wenn ich nicht gerade aus dem offenen Fenster sprang, saß ich hier in der Falle. Es war sinnlos, dem Mann Widerstand zu leisten. Verletzt zu werden und möglicherweise das Baby in Gefahr zu bringen, musste vermieden werden. Ich musste meinen Verstand einsetzen. Er mochte zwar Muskeln haben, aber ich hatte die Intelligenz auf meiner Seite.

„Na schön. Ich werde mit dir gehen, aber ich brauche meinen Mantel."

„Mantel?", fragte er, wobei er mich musterte, als ob ich ihm Tee und Kuchen angeboten hätte.

Ich schnaubte und reckte mein Kinn. „Es wird dunkel und die Luft wird kühl sein. Ich versichere dir, ich werde mich beschweren und jammern, wenn mir auch nur ein bisschen kalt ist. Wie Jack mir gesagt hat, hab ich wenig Fleisch auf den Rippen und mir wird schnell kalt. Du willst doch nicht, dass ich mir eine Erkältung zuziehe, oder? Dann

wirst du dich um eine kranke Frau kümmern müssen und –
"

„Allmächtiger, Frau, halt die Fresse."

Ich biss auf meine Lippe und versuchte, zerknirscht zu wirken. Er ließ sich schnell aus der Ruhe bringen und ärgern. Gut.

„Mein Mantel?", fragte ich.

Er seufzte. „Wo ist er?"

Ich deutete auf meinen Koffer.

„Hol ihn schnell."

Ich wollte ihm nicht meinen Rücken zukehren, aber wenn er mich hätte töten wollen, hätte er das bereits getan. Ich hob den Deckel hoch, durchwühlte den Inhalt, bis ich einen fand. Während mein Rücken zu Morgan gedreht war, zog ich Jacks Ring von meinem Finger und legte ihn oben auf den Haufen. Entweder würde er denken, ich hätte ihn verlassen oder er würde sich an die Worte erinnern, die er mir draußen in der Prärie versprochen hatte.

Wenn du ihn abnimmst, werde ich ihn finden und ich werde dich finden. Du gehörst zu mir.

Ich kämpfte gegen die Tränen an, wirbelte auf dem Absatz herum und stellte mich Morgan. Mit erhobenem Kinn lief ich zur Tür, tat so, als würde ich zum Sonntagsgottesdienst begleitet und nicht entführt werden. Das Gewicht von Jacks Ring war verschwunden und ich fühlte mich, als würde mir etwas fehlen. Jack würde mich finden. Ich wusste das und fühlte mich davon getröstet. Ich musste zwar mit dem Mann mitgehen, aber das bedeutete nicht, dass ich es ihm einfach machen würde. Und so begann ich zu plappern.

„Ich hoffe, du hast das gut geplant. Als Lehrling eines Arztes weiß ich sehr gut, dass mir schwindlig wird und ich müde werde, wenn ich nicht regelmäßig esse. Hast du bemerkt, dass die Sonne untergeht? Der Mann im Mietstall meinte, dass seine Knochen schmerzen, wenn ein Sturm aufzieht und er hat mir erst heute Morgen erzählt, dass er kaum laufen könne. Das bedeutet, dass sehr schlechtes Wetter auf uns zukommt. So eine Überraschung, denn – "

Morgan stöhnte und ich plapperte munter weiter.

12

ACK

Ein Telegramm nach Washington zu schicken, war schnell erledigt. Nur zwei Worte. *Ich kündige.* Die Antwort würde länger auf sich warten lassen und ich musste mich ein letztes Mal mit dem Oberstleutnant treffen, bevor ich Lily holte und mit ihr die Stadt verließ. Ich hatte keinen blassen Schimmer, wohin wir gehen würden, aber wir würden es weder für die Pinkertons noch für den Oberst tun. Ich wäre sogar zufrieden damit, bei ihrer großen Familie zu wohnen, falls mich die Männer, die ihre Schwestern geheiratet hatten, vorher nicht an die Schweine verfütterten. Vor zwei Monaten wäre ich schockiert darüber gewesen, dass ich jetzt glücklich meiner Arbeit, sowie dem nie endenden Strom Gesetzesbrecher, der gerichtet werden musste, den Rücken kehrte. Sie waren jetzt das Problem eines anderen. Mit diesem Gedanken im Kopf störte ich mich nicht einmal an der Stunde, die es benötigte, den Mann vom Militär im Saloon aufzuspüren. Er saß mit mehreren anderen Uniformierten zusammen und genoss eine frühe Runde Whiskey.

Sie feierten Bensons Festnahme und weil ich die Arbeit gemacht hatte, wurde ich in die Feierlichkeiten gezogen. Als sich die Mädchen aus der oberen Etage dem Spaß anschlossen, ließ ich das an mir vorüberziehen, erlaubte den Junggesellen ihren Spaß. Sie mussten ihre angestaute Energie an den üppigen, willigen Körpern dieser Huren verausgaben, aber ich hatte meine eigene Frau, eine Frau, die genauso lustvoll, genauso willig war mit mir zu schlafen, um meine schier unersättlichen Bedürfnisse zu befriedigen.

Dennoch hatte ich mich nicht aus dem Saloon entfernen können, bis die Sonne schon lange untergegangen war. So kehrte ich zu Dr. Bowers Haus zurück, erpicht darauf, Lily mit mir zu nehmen. Als ich vor der Eingangstür stand, wusste ich nicht, ob ich anklopfen oder einfach reingehen sollte. Nach dem, was ich mit ihr in ihrem Schlafzimmer getan hatte – es stand außerfrage, dass das Zimmer in jeglicher Hinsicht entweiht worden war – sollte ich einfach hineingehen.

Das war jedoch Dr. Bowers Haus und ich hatte die Frau geheiratet, die er beaufsichtigte – so schlecht er das auch getan hatte. Er könnte auch ein Skalpell herumschwingen, also klopfte ich. Dr. Bower öffnete die Tür.

„Ah, Mr. Matthews. Es ist schön, Sie zu sehen."

Ich schüttelte seine Hand. Er war ein merkwürdiger Mann, war nicht im mindestens darüber besorgt, dass ich Lily überstürzt und im Geheimen geheiratet hatte. Aufgrund dessen, was ich von Lily über ihn wusste und aufgrund der Art, wie er sich am Vortag verhalten hatte, war ich nicht überrascht.

„Guten Abend, Sir."

Er ging zurück in sein Büro, ohne auch nur einen Blick zurückzuwerfen. Als ich die Treppe hinaufblickte, sah oder hörte ich nichts von Lily, weshalb mir keine andere Wahl blieb, als ihm zu folgen. Er war ein kleiner Mann, gepflegt, dennoch schien sein Beruf Spuren hinterlassen zu haben. Seine Haare wurden grau und tiefe Linien hatten sich in sein Gesicht gegraben.

„Ich hoffe, Sie bleiben zum Abendessen. Lily serviert mir mittwochs einen köstlichen Schweinebraten."

Ich atmete ein, dann antwortete ich: „Ich rieche keinen Braten oder irgendein Abendessen, was das betrifft."

Da schaute er auf und war sich plötzlich der Uhrzeit bewusst. „Das ist seltsam. Sie liebt Braten."

Ich würde mich nicht über die Tatsache aufregen, dass der Mann nicht wusste, dass Lily kein Fleisch aß. Ich konzentrierte mich auf die Tatsache, dass er gesagt hatte, das sei seltsam. Auch wenn der Mann mit dem Kopf in den Wolken zu leben schien, war er aufmerksam genug, um jegliche Veränderungen der Routine zu bemerken. Lily war auch eine Frau, die ihre Routine liebte, und passte daher definitiv zu Dr. Bower, der dieselbe nervige Angewohnheit besaß. Das bedeutete, dass Lily nicht wie erwartet den Braten zubereitet hatte. Entweder war er auch von einem wilden Hund gegessen worden oder etwas stimmte nicht.

„Wo ist Lily?", fragte ich, während mich Furcht überkam.

Er hob eine ergraute Augenbraue. „Ich nahm an, sie wäre bei Ihnen. Sie ist Ihre Frau, oder nicht?"

Ich machte auf der Hacke kehrt, nahm die Treppe zwei Stufen auf einmal und marschierte in Lilys Zimmer. Ich sah ihn sofort. Meinen Ring. Er lag oben auf einem zerknitterten Kleid in ihrem Koffer.

Ich schnappte ihn mir und drückte ihn in meiner Hand. Ich drehte mich im Zimmer im Kreis, wünschte mir, sie würde nur Verstecken spielen.

„Lily!", brüllte ich.

Daraufhin kam Dr. Bower die Treppe hoch. „Was ist los?"

„Sie ist nicht hier. Etwas stimmt nicht."

„Woher wissen Sie das?"

Ich stand mit den Händen in den Hüften im Flur.

„Sie hat vorhin ein Bad genommen. Ein nasses Handtuch hängt über dem Knauf des Messinggestänges." Ich deutete mit dem Daumen hinter mich. „Sie hat ihren Koffer gepackt, um das Haus zu verlassen. Er ist bis zum Anschlag gefüllt und der Deckel steht auf. Sie hat ihren Hut am Haken neben der Tür zurückgelassen und sie hat meinen Ring dort liegen gelassen, wo ich ihn finden würde."

Sein Mund klappte bei meiner Aufzählung auf. „Sie haben all das so schnell bemerkt?"

„Ich bin ein Detektiv, Sir. Es ist meine Aufgabe, Dinge auf diese Weise zu bemerken."

Ich hielt meinen Ring zwischen meinen Fingern, damit er ihn sehen konnte. „Dieser Ring. Sie würde ihn nicht ablegen."

„Vielleicht hat sie Geschirr gespült", entgegnete er. Ich bezweifelte, dass er versuchte, mir zu widersprechen, sondern stattdessen lieber an weniger böse Möglichkeiten denken wollte. Unschuldige Leute suchten nach den vernünftigen Gründen für das Verschwinden einer Person. Ich hatte dafür zu viel erlebt.

„Dann hätte sie ihn neben dem Waschbecken liegen gelassen und sie weiß, sie *weiß*, dass sie ihn wieder anlegen muss. Sie hat den Ring zurückgelassen, damit ich ihn finde, damit ich sie finde."

Ich schob mich an dem älteren Mann vorbei und stürmte die Treppe hinab.

„Matthews! Das ist lächerlich. Wer würde Lily mitnehmen wollen? Sie ist nur eine Frau."

Ich hätte ihm die Nase brechen sollen, aber das hätte nichts geholfen. „Sie ist *meine* Frau."

Ich öffnete die Eingangstür, eilte nach draußen und rannte förmlich zum Saloon.

Ich wollte Dr. Bowers Frage darüber, wer sie mitnehmen würde, nicht beantworten, da ich die Antwort kannte. Es gab viele Leute, die Lily mitnehmen wollen würden. Niemand wollte *sie*. Sie wollten sich an mir rächen. In diesem Teil des Landes war die Liste kurz, aber aufgrund der Ereignisse der vergangenen Tage konnte ich die Liste sogar noch weiter eingrenzen.

Der Saloon lag noch genauso da, wie ich ihn vor einer Stunde verlassen hatte, vielleicht ein wenig überfüllter und gefüllt mit etwas mehr Rauch. Mein scharfer Blick schweifte auf der Suche nach dem Oberst durch den Raum und fand ihn nicht. Einige Soldaten spielten Poker und ich marschierte zu ihnen.

„Wo ist der Oberstleutnant?", knurrte ich.

Sie waren zu betrunken, um meine Aufregung zu bemerken. Einer deutete nach oben und lachte. Ich öffnete vier Türen und entschuldigte mich nicht bei den Männern, die ich bei ihren abendlichen Eskapaden unterbrach. Was den Oberst betraf, so befand er sich im fünften Zimmer und vergnügte sich mit einer Blondine mit großen Brüsten und einem äußerst prallen Hinterteil.

Als die Tür nach innen gegen die Wand donnerte, knurrte ich: „Morgan hat meine Frau und er wird sterben."

LILY

Vielleicht lag es an dem stundenlangen Ritt auf einem schwankenden Pferd. Vielleicht lag es daran, dass ich seit dem Frühstück nichts gegessen hatte. Vielleicht lag es an der Tatsache, dass Morgan einen Hasen auf einem Stock über dem Feuer briet und der verkohlte, süßliche Geruch nach gegrilltem Fleisch in der stillen Nachtluft hing. Vielleicht lag es auch daran, dass Morgan ein totales Arschloch war, aber ich würde mich übergeben.

Ich sagte dem Mann das, aber er glaubte mir nicht. „Ich hab deinem Gejammer die letzten drei Stunden zugehört. Ich habe die Schnauze voll, von deinen Problemen mit dem Falzen von Hosen zu hören oder dass deine Stiefmütterchen in der Sonne vertrocknen werden oder dass der Weichspüler aus dem Warenladen deine Haut verätzt."

Er ging neben dem Feuer in die Hocke, während ich neben ihm saß mit der Hand über dem Mund. Ich schwitzte und die Spucke in meinem Mund fühlte sich heiß an. Ich hatte immer schon einen starken Willen gehabt, aber jetzt, jetzt beschloss das Baby, seine Anwesenheit kundzutun.

Ich erhob mich und drehte mich um. Morgan stand ebenfalls auf und fuchtelte mit dem Stock mit dem halbgegarten, halbrohen Kadaver neben meinem Kopf herum. „Du gehst nirgendwo hin", sagte er, wobei seine Augen vor Wut und im Feuerschein funkelten.

Ich nahm meine Hand von den Lippen und antwortete schwach, während mein Magen rebellierte. „Na schön, ich werde mich genau hier übergeben." Und das tat ich.

Obwohl er sich schnell aufgerappelt hatte, war er nicht so schnell im Rückwärtslaufen und bevor er aus meiner Reichweite gelangen konnte, erbrach ich mich auf die

Vorderseite seines Hemdes. Das feuchte Erbrochene glitt über einen Teil seiner Hose und tropfte auf seinen Schuh. Ich würgte wieder und der Hase auf dem Stock flog aus seiner Hand und landete mit einem heißen Zischen im Feuer.

„Gott verdammt, Frau!" Er streckte seine Arme von sich, während er an sich hinabsah.

Ich fiel auf meine Knie und würgte wieder, meine Hände drückten sich auf den kühlen, feuchten Boden. Endlich, endlich war mein Magen leer und der Anflug von Übelkeit flaute ab. Ich versuchte, zu Atem zu kommen, während ich mir mit dem Handrücken den Mund abwischte. Der saure Geschmack von Galle haftete an meiner Zunge und ich wünschte, ich hätte Wasser, um mir den Mund auszuspülen.

„Warum zur Hölle hast du mir nicht gesagt, dass du kotzen musst?"

Ich sah zu dem Mann hoch, zu schwach, um mich hinzustellen. „Das habe ich, mehrmals. Mir wird schlecht, wenn ich zu lange auf einem Pferd reite."

Ich würde ihm nicht verraten, dass ich schwanger war.

„Denkst du nicht, dass das etwas ist, vor dem du mich hättest warnen sollen?", schrie er. Er beschwerte sich laut über seine ruinierten Kleider. Der Gestank nach Erbrochenem umgab ihn und er stürmte zu seiner Satteltasche, die er durchwühlte, während er fluchte wie ein Kesselflicker.

„Scheiße, Frau, du bist schlimmer als ein tollwütiger Hund. Ich hab keine anderen Klamotten."

Ich fühlte mich schrecklich, aber mir war nicht mehr ganz so übel. Das hielt mich jedoch nicht davon ab, leichte Schadenfreude darüber zu empfinden, dass ich mich auf eine Art an dem Mistkerl gerächt hatte. Auf Händen und

Knien krabbelte ich zu einem Fleckchen Gras und rollte mich zu einer Kugel zusammen. Ich musste mir keine Sorgen machen, zumindest nicht auf kurze Sicht, dass er mir irgendetwas antun würde. In meinem momentanen Zustand würde ich nicht gegen ihn ankämpfen, was er aber wollte. Ich wusste auch, dass er wollen würde, dass Jack mein Ableben bezeugte. Daher war ich, bis er auftauchte, einigermaßen sicher. Es war leichter als erwartet, in einen tiefen Schlaf zu fallen, obwohl Morgan fluchte und schimpfte, während er den verbrannten Hasen aß.

Ich wachte auf, als Morgan mich packte und auf meine Füße zerrte, wobei er seine Hand sicher um meine Taille schlang. Die Sonne erhellte gerade erst den Himmel. Über der Prärie lag ein sanftes graues Leuchten. Er fuchtelte mit seiner Pistole zu dunklen Männerformen, die uns umringt hatten. *Jack.*

Meine Haut war wegen dem Mangel an Decken kühl, aber Morgan an meinem Rücken war heiß und verschwitzt. Er roch widerlich, die Mischung aus ungewaschenem Mann und meinem Erbrochenem brannte mir in der Nase.

„Komm keinen Schritt näher oder ich werde sie töten", schrie Morgan.

„Wenn du sie hättest töten wollen, Morgan, hättest du es schon längst getan."

Der Klang von Jacks Stimme war wie Balsam auf einer Wunde. Ich erschlaffte bei seiner Stimme. Er war gekommen, um mich zu holen.

„Ich wollte dein Gesicht sehen, wenn ich den Abzug betätige", schrie Morgan, seine Stimme hasserfüllt. „Du hast mein verdammtes Geld genommen!"

„Ich habe gar nichts genommen", erwiderte Jack. „Benson und Crumb waren so dumm, sich damit erwischen zu lassen."

„Und du bist was, ein Verräter? Wie viel zahlen sie dir, damit du mir nachjagst, Matthews?" Er schüttelte mich ordentlich durch. „Oder ist es die Schlampe, hinter der du her bist? Ihr hat auf jeden Fall gefallen, was du gestern mit ihr gemacht hast. Mir auch."

Ich runzelte die Stirn, dann realisierte ich, dass er uns beobachtet haben musste, als Jack mich genommen hatte, während meine Hände an der Vorhangstange gefesselt gewesen waren. Er hatte mich gesehen, hatte von dort, wo er sich draußen befunden hatte, gesehen, was Jack mit mir getan hatte. Ich hätte mich schämen sollen, aber stattdessen war ich wütend. Er sprach über etwas, das besonders – wenn auch sehr versaut – gewesen war und ließ es liederlich wirken.

„Ich bin nicht wegen meiner Frau hier", sagte Jack. Ich erstarrte, dann erkannte ich, was er tat. Er konnte sein Interesse an mir nicht zeigen. Ich war das einzige Druckmittel, über das Morgan verfügte. „Wenn du gesehen hast, was ich mit ihr gemacht hab, dann solltest du ja wissen, dass sie nur für eines gut ist. Ich bin wegen dir hier. Mein Geld bekomme ich bei deiner Gefangennahme. Tot oder lebendig."

Morgan trat einen Schritt zurück und zerrte mich mit sich.

„Dann ist es dir auch egal, dass ich letzte Nacht guten Gebrauch von ihr gemacht habe", erwiderte Morgan, der die Lüge verkündete, um Jacks Wut anzustacheln.

Mindestens sechs, vielleicht sogar acht, Männer begleiteten Jack. Sie hatten sich in einem Halbkreis um uns gestellt, allerdings zweifelte ich nicht daran, dass auch jemand hinter uns stand. Manche trugen Uniformen, andere schlichte Kleider wie Jack. Alle hatten Pistolen an sich und alle kamen langsam näher.

„Scheinbar hat sie überall rote Haare."

Ich keuchte bei dem rüden Kommentar auf, aber sorgte mich auch, dass Jack etwas Dummes tun würde. Sein Knurren klang laut an dem ruhigen Morgen. Morgan war geisteskrank und ich musste ihm entkommen, bevor er Jack erschoss. Ich wand mich in seinem Griff und spürte seinen Pistolengürtel an meiner Hüfte. Ich erinnerte mich an sein Messer, das er dort zusammen mit seiner Pistole aufbewahrte. Er war Rechtshänder – die Pistole lag in dieser Hand – und das bedeutete, dass sich das Messer auf der gleichen Seite befand. Ich schaute nach unten und sah es. Er war offensichtlich von der Ankunft der Männer überrascht worden. Ansonsten hätte er die andere Waffe nicht einfach vergessen. Oder er hatte sie nie als echte Bedrohung betrachtet. Dummer Mann. Ich packte das Messer und durchschnitt mühelos die Sehne an der Innenseite seines Handgelenks.

Morgan schrie, während sich die Finger seiner rechten Hand automatisch öffneten und die Pistole zu Boden fiel. Sein Arm um meine Taille lockerte sich und ich stolperte weg von ihm. Mit dem blutigen Messer in der Hand beobachtete ich, wie er sein Handgelenk hochhielt. Die Blutung war beachtlich, aber ich hatte nicht die Arterie durchtrennt. Ich hatte kein Mitleid mit seinen Schmerzensschreien.

Arme packten mich wieder von hinten, aber dieses Mal machte ich nicht mehr, als leicht zusammen zu zucken. Eine Hand griff an mir vorbei und nahm das Messer. Eine Hand, die ich kannte. Sie gehörte zum Körper eines Mannes, den ich kannte. Jack.

Die anderen Männer umzingelten Morgan, der vor Schmerz stöhnte und heftig fluchte.

Jack drehte mich herum und betrachtete mich von Kopf bis Fuß, seine Hände lagen auf meinen Schultern. „Bist du verletzt? Das Baby?", fragte er.

„Mir geht's gut, dem Baby geht's gut", flüsterte ich.

Sein ganzer Körper war steif, als er fragte: „Hat er dich – "

Ich unterbrach ihn, da ich seine Sorgen sofort zerstreuen wollte. „Nein. Er hat nichts mit mir gemacht. Er hat es letzte Nacht vielleicht tun wollen, aber – " Ich seufzte und beließ es dabei. Er hätte mich letzte Nacht vergewaltigen können, aber sich auf jemanden zu übergeben, war nicht gerade ein Aphrodisiakum.

Die machtvolle Energie, die mir bei dem Vorfall gerade durchs Blut geströmt war, ließ mich erschaudern. Ich wusste, sie würde sich schnell verflüchtigen und ich schlang meine Arme um Jack, hielt ihn fest. Als ich meine Wange gegen seine Brust drückte, konnte ich seinen kraftvollen Herzschlag hören. Er war zwar auch heiß und verschwitzt, aber seinen Duft genoss ich. Ich erkannte ihn sofort und wusste, dass ich in Sicherheit war. Er holte tief Luft, dann nochmal.

Beruhigt, dass es mir gut ging, ließ auch Jack seine Energie strömen. „Du hast mich zu Tode erschreckt, als ich mit ansehen musste, wie er dich so gepackt hat. Er hatte eine beschissene Pistole!"

„Ja, aber er hat sein Messer nicht benutzt", konterte ich. „Er ist kein sehr guter Gesetzloser."

Jack seufzte, zuerst wahrscheinlich, weil ich ihn so frustrierte, dann vor offenkundiger Erleichterung. Er griff in seine Tasche, zog meinen Ring heraus und steckte ihn mir an den Finger. „Immer wieder muss ich das tun", knurrte er.

„Das ist das letzte Mal, ich verspreche es", schwor ich, während er meine Hand nahm.

„Ich werde dich den Rest meines Lebens daran erinnern."

„Warum zur Hölle riechst du so furchtbar?", hörte ich jemanden fragen. Ich blickte über meine Schulter zu den Männern, die an Morgan arbeiteten und ihn bewachten.

„Sie hat verdammt nochmal auf mich gekotzt!", schrie Morgan. „Sie ist eine beschissene Landplage. Sie plappert ununterbrochen und dann wird ihr vom Reiten schlecht. Wem zur Hölle wird vom Reiten schlecht? Dann hat mich die Frau auch noch mit dem Messer attackiert!" Er war zornig und das zu Recht. Das bedeutete aber nicht, dass ich nicht darüber lächeln würde, wie miserabel es ihm ging.

„Dir ist vom Reiten schlecht geworden?", wollte Jack wissen und seine dunklen Augen blickten in meine.

„Ich glaube, dass Baby hat auch nicht viel von ihm gehalten", gab ich zu.

„Und jetzt? Geht's dir jetzt gut?"

Ich nickte und Jack seufzte.

„Es klingt, als hättest du dem Mann die Hölle auf Erden bereitet."

Ich bemerkte, dass sich der Oberstleutnant zu uns gesellte und seinen Hut vor mir anhob. Er trug seine vollständige Uniform, sauber und ordentlich, aber er hatte sich nicht rasiert und weiße Barthaare sprossen auf seinen Wangen und Kiefer. „Ma'am", sagte er.

Ich versteifte mich in Jacks Griff.

„Ihr geht's gut, Oberst, sie wird nur nicht gerne Ma'am genannt."

Der Oberst sah mich merkwürdig an, aber sagte: „Das war...eine interessante Sache, die Sie da mit dem Messer gemacht haben. Die meisten Männer hätten ihn damit erstochen."

„Ich kann nicht mit Sicherheit sagen, was ein Mann in einer ähnlichen Situation tun würde, Oberstleutnant, da ich keiner bin. Morgan hatte seine Pistole auf meinen Ehemann gerichtet und das hat mir nicht gefallen. Wenn ich auf ihn eingestochen hätte, hätte er noch immer die Pistole in der Hand gehalten und, mit seinem Finger am Abzug, hätte er Jack nach wie vor erschießen können oder sogar einen Ihrer Männer. Durch die Durchtrennung der Sehne im Handgelenk – ich werde auf die wissenschaftlichen Details dahinter nicht näher eingehen – hat er den Nutzen seiner Hand verloren. Er konnte den Abzug nicht durchdrücken, konnte nicht einmal die Pistole halten. Ohne sie, ist er nutzlos."

Wir blickten hinüber, als zwei Männer einen improvisierten Verband um Morgans Handgelenk wickelten. Überall war Blut. Damit und mit meinem Erbrochenem auf sich glich er einem Häufchen Elend. Fast hatte ich Mitleid mit dem Mann. Fast.

„Sie war bei dem Stadtarzt, Dr. Bower, in Lehre", erklärte Jack.

Der Oberst wirkte beeindruckt und gleichzeitig auch leicht verwirrt. „Dr. Bower zuzuschauen, erklärt nicht Ihren hervorragenden Umgang mit einem Messer."

„Nein, das ist richtig", fügte ich hinzu. Ich reckte mein Kinn und sah dem Oberstleutnant direkt in die Augen. „Das habe ich von Big Ed, dem Vorarbeiter der Ranch, auf der ich aufwuchs, gelernt. Aber ich habe die Kenntnisse bewahrt, weil ich während des vergangenen Jahres in einer der Metzgereien in Butte gearbeitet habe."

Daraufhin begann Jack zu lachen, während der Mund des Obersts aufklappte und er seine Augen aufriss.

„Ich...verstehe." Das war alles, was der ältere Mann sagen konnte.

„Ah, Süße, du hast Geheimnisse. Wenn Sie uns entschuldigen, Oberst, ich werde nun noch mehr in Erfahrung bringen."

13

ACK

Ich buchte uns ein Zimmer im McDermott, dem hübschesten Hotel in Butte. Zur Hölle, es war das hübscheste Hotel im gesamten Westen. Der Mann am Tresen hatte mich verängstigt und erstaunt gemustert. Ich musste mich immer noch rasieren, hatte nicht geschlafen und war absolut scharf auf meine Frau.

„Er ist kein Gesetzloser", klärte Lily ihn in scharfem Ton auf. Sie sah aus, als hätte sie die Woche mit einer Bärenfamilie verbracht. Dennoch blickte sie mit erhobenem Kopf auf den hochnäsigen Mann hinab und ich wollte sie deswegen gleich noch dringender ficken. „Er ist mein Ehemann."

Das musste den Mann aus seiner Starre gerissen haben, denn er lächelte mich an – wenn auch schwach – und gab uns den Schlüssel zur besten Suite. „Danke, dass Sie Bert Benson der Gerechtigkeit zugeführt haben."

Bevor uns der Hotelpage zu unserem Zimmer führte, erklärte ich dem Mann: „Stellen Sie die Rechnung für das Zimmer an Mr. Finnemann, den mit der Zeitung."

Nachdem die Tür der Suite hinter uns geschlossen war, drehte sich Lily zu mir um. „Gibt es einen Grund dafür, dass die Zeitung für unsere Unterkunft aufkommt?"

„Ja, Ma'am." Ich grinste, während sie die Augen zu Schlitzen verzog. „Anstatt für Pinkerton zu arbeiten, habe ich mit den Kupferkönigen einen Deal ausgehandelt dafür, dass ich Benson ausliefere."

Ich beobachtete, wie sich ihre Augen bei meiner Erklärung hoben und sie verstand schnell. „Dann ist diese Suite nicht die einzige Kompensation?"

Ich schüttelte den Kopf, während ich die Distanz zwischen uns überwand. „Nicht annähernd." Ich begann, die Knöpfe an der Vorderseite ihres schmutzigen Kleides zu öffnen, während ich hinzufügte: „Du kannst natürlich weiterhin für den Metzger arbeiten, falls du dir Sorgen wegen unseres Einkommens machst."

Da lachte sie, ein magischer Laut, schlang ihre Hand um meinen Hals und zog mich für einen Kuss nach unten. Einen sehr gründlichen Kuss.

„Mrs. Matthews", sagte ich und wischte mir ob ihrer Dreistigkeit mit dem Handrücken über den Mund.

„Wenn ich diejenige sein soll, die Arbeiten geht, um Essen auf den Tisch zu bringen", sagte sie mit gezierter Stimme, „dann sollte ich auch diejenige sein, die die Führung übernimmt."

Ich hob eine Braue, als ich das Aufblitzen von Belustigung in ihren Augen sah.

„Du willst mich ficken?", fragte ich. Mein Schwanz wurde hart.

„Zur Hölle, ja", gurrte sie. Ich schüttelte meinen Kopf über ihre Unfähigkeit, den Sitten zu entsprechen. Sie würde fluchen und kratzbürstig sein, bis sie neunzig war.

„Wenn du die Führung haben willst, Süße, werde ich sie dir überlassen."

Sie schürzte ihre Lippen, denn sie wusste, dass ich sie in Führung sein *ließ*. Wenn sie über mich herfallen wollte, würde ich sie nicht aufhalten.

„Können wir zuerst ein Bad nehmen?"

„Zur Hölle, ja", wiederholte sie und ich stöhnte, rieb mir mit der Hand übers Gesicht.

Eine Stunde später nutzte ich ein flauschiges Handtuch, um ihren nackten Körper fertig abzutrocknen, der von dem warmen Wasser ganz gerötet war. Ihre Haare türmten sich in feuchten Strähnen auf ihrem Kopf und wurden von wenigen Nadeln fixiert. Ich hatte meinen Bart abrasiert und fühlte mich wieder einigermaßen menschlich, allerdings würden zehn Stunden Schlaf auch nicht schaden. Aber meine Frau wollte meinen Körper und Ruhe war nicht das, was ich im Sinn hatte. Alles, worüber sie mit ihrem verruchten Grinsen nachdachte, hatte ich im Sinn.

Sie nahm meine Hand, führte mich ins Schlafzimmer und setzte sich auf die Bettkante. Mein Schwanz war erigiert und befand sich direkt vor ihrem Gesicht. Als sie beim Anblick eines Lusttropfens an der Spitze über ihre Lippen leckte, stöhnte ich. Es juckte mich in den Fingern, meine Hand auszustrecken, durch ihre Haare und über ihre weiche Haut zu streicheln, ihre vollen Brüste zu umfassen, meine Nase an ihrem flachen Bauch zu reiben, ihre cremige Spalte zu lecken. Ich tat nichts, sondern wartete nur darauf, dass sie den Ton angab.

„Ich habe gehört, dass Männer gerne selbst Hand anlegen", murmelte sie und hob ihre Finger, um über die Vene, die die Länge meines Schwanzes entlang führte, zu streicheln. Ich stieß meine Hüften ihrer Berührung entgegen.

„Manchmal", antwortete ich, wobei meine Stimme so rau wie Schotter war.

„Zeig es mir." Sie sah mit diesen klaren grünen Augen zu mir auf und ich konnte ihr nichts abschlagen. Als ich meine Schwanzwurzel mit meiner Faust umschloss und anfing, ihn zu streicheln, wollte ich stattdessen nur den festen Griff ihrer Pussy fühlen. Ich heftete meine Augen auf sie, während ich meinen Schwanz so langsam bearbeitete, dass ich nicht gleich kommen würde.

„Hast du dich selbst angefasst, als wir die sechs Wochen getrennt waren?"

„Zur Hölle, ja." Ich ahmte ihre Worte mit Absicht nach. „Ich dachte an deine süße Pussy, wie sie mir den Samen aus den Eiern melkt."

Ihre Augen weiteten sich wegen meinen schmutzigen Worten.

„Ich habe mich selbst berührt", gab sie zu und ich stöhnte. Sie legte ihren Kopf schief. „Willst du, dass ich es dir zeige?"

Ich nickte ruckartig, während sie weiter auf das Bett rutschte, sich anschließend zurücklegte und ihre Beine öffnete. Als ihre linke Hand zwischen ihre Schenkel tauchte, sah ich meinen Ring direkt über ihrer Pussy. Das Gold mischte sich mit dem feuchten Rosa ihres Fleisches und dem feurigen Rot ihrer Locken. Sie spreizte ihre Schamlippen und ihre Finger glitten hinein, während ihre rechte Hand nach unten wanderte, um Kreise auf ihrer Pussy zu beschreiben. Ihre Augen fielen zu und sie stöhnte.

Noch nie zuvor hatte ich etwas so Erotisches gesehen, meine Frau weit geöffnet und sich selbst befriedigend. Es war unmöglich, mich zurückzuhalten. Ich spürte, wie sich das Vergnügen am Ende meiner Wirbelsäule aufbaute. Meine Hoden zogen sich zusammen und ich kam heftig, stöhnte, während mein Samen auf Lilys flachen Bauch und ihren Handrücken spritzte. Mit abgehacktem Atem erlaubte ich der Wonne, mich zu durchfluten, während ich nicht nur die Erlösung, sondern auch den Anblick meiner Frau, die sich auf solch sinnliche Weise präsentierte, genoss. Ihre Augen öffneten sich auf mein Stöhnen hin und ihre Hände erstarrten, als mein Sperma auf ihr landete.

Ein breites Lächeln breitete sich auf ihrem Gesicht aus. Ich sah Macht darin, das Wissen, dass sie in der Lage gewesen war, mich so scharf auf sie zu machen, dass ich förmlich explodiert war, bevor ich auch nur in sie eingedrungen war. „Siehst du, Süße, du hast die Kontrolle über mich. Ich mag zwar derjenige sein, der die Kontrolle hat, aber du hast die ganze Macht. Alles. Ich bin nichts ohne dich."

Sie verlagerte ihre Hand und glitt mit einem Finger durch eine Spur meines Samens. Im Anschluss führte sie den Finger zu ihrem Mund und saugte meinen Geschmack von ihrem Finger.

Ich beugte mich nach vorne und legte eine Hand neben ihre Hüfte auf das Bett, um mein Gewicht zu stützen, während ich ihre linke Hand nahm. Die Hand, deren Finger sich tief in ihrer Pussy befanden, und hob sie zu meinem Mund, saugte ihre Säfte auf. Nachdem ich ihre Finger rausgezogen hatte, sank ich auf dem Boden auf die Knie und zog sie das Bett hinab, sodass ihre Hüften direkt am Rand lagen. Sie stemmte sich auf ihre Ellbogen, sodass sie ihren Körper hinab auf mich schauen konnte.

Ich atmete den moschusartigen, süßen Duft ihrer Pussy ein, schmeckte ihn auf meiner Zunge. „Ich knie vor dir, Süße. Du hast die ganze Macht", wiederholte ich. Ich senkte meinen Kopf, denn ich konnte es nicht mehr erwarten, noch mehr von ihr zu kosten, ihre Säfte auf meinem Kinn zu verteilen.

„Aber Jack – "

„Die ganze Macht", wiederholte ich, dann senkte ich meinen Kopf und gab meiner Schwäche für sie nach.

———

LILY

Ich verstand nicht, was Jack meinte und ich konnte nicht einmal darüber nachdenken, da sein Mund direkt auf meiner Mitte lag, rücksichtslos und fokussiert in seiner eifrigen Absicht, mir Lust zu verschaffen. Ich hatte die Kontrolle haben wollen, hatte auf ihn klettern und ihn so ficken wollen, wie ich wollte. Ich hatte mit ihm spielen wollen, wie er es oft mit mir tat, aber es hatte nicht angedauert. Ich hatte Jacks Eifer nicht vorausgesehen, hatte nicht geahnt, dass er die Erleichterung so schnell finden würde. Ich hatte mich darin verloren, wie er seinen harten und dicken Schwanz gestreichelt hatte. Er hatte mich so gierig werden lassen, dass ich meine Sittsamkeit völlig vergessen hatte und mich auf das Bett zurückgelegt und ihm gezeigt hatte, wie ich mich berührt hatte, als er weggewesen war.

Jack war weniger als eine Minute, nachdem ich angefangen hatte, gekommen. Ihm gefiel eindeutig, mir dabei zuzuschauen, wie ich mich verwöhnte. Ich hatte allerdings nicht vorausgesehen, dass sein Samen in einem hohen Bogen aus seiner Schwanzspitze spritzen und heiß auf meinem Bauch und Händen landen würde. Er war zuvor nur tief in mir gekommen, also hatte ich nie gesehen, was tatsächlich passierte. Es war berauschend gewesen, insbesondere das intensive Vergnügen auf Jacks Gesicht zu sehen. Ich hatte erwartet, dass er verbraucht sein würde, aber das war nicht der Fall. Sein Schwanz war nicht erschlafft, sondern war wütend und rot, gierig nach mehr geblieben.

Als er vor mir auf die Knie gefallen war und mich an den Bettrand gezogen hatte, damit er mich lecken und zum Höhepunkt bringen konnte, hatte ich gewusst, dass meine Kontrolle nur von kurzer Dauer gewesen war.

Du hast die ganze Macht.

Als ich allein durch seinen Mund und Finger kam, zweifelte ich doch stark daran. Als ich seinen Namen schrie, war *er* derjenige, der mich kontrollierte, der meinen Körper auf so gekonnte Weise verwöhnte. Er war ein Meister darin, mir Lust zu verschaffen.

„Jack", flüsterte ich, als er sich über mich schob, damit er mich küssen konnte. „Ich wollte dich vergessen lassen, wie du es mit mir machst."

Ich schmeckte mich selbst in unserem Kuss, seine Zunge tauchte in meinen Mund, temperamentvoll und dekadent.

Er streichelte mir die Haare aus dem Gesicht, während ich meine Knie hochzog und sie an seine Seiten drückte.

„Süße, ich bin wie ein notgeiler Teenager gekommen."

„Ja, aber das war nur, weil – "

Jack stieß sich vom Bett, sodass er stand, dann drehte er mich auf den Bauch. Er schlug mir einmal auf den Hintern und als ich meine Beine nach oben zog, um wegzurutschen, packte er einen Knöchel und zerrte mich nach hinten. Ich befand mich jetzt auf meinen Händen und Knien, während er hinter mir stand.

„Süße, wir haben immer und immer wieder darüber geredet, dass du zu viel nachdenkst."

Daraufhin begann er mir den Hintern zu versohlen, nicht so hart, wie er es in der Vergangenheit getan hatte, aber er hinterließ definitiv ein heißes Brennen. Mit einer Hand um meine Taille geschlungen, ließ er nicht nach. Er hörte nicht auf, während er mit mir sprach:

„Ich liebe dich. Ich habe dich seit dem ersten Moment, in dem ich dich erblickte, geliebt. Du hast mich damals in die Knie gezwungen und du hast es heute wieder getan. Ich habe meinem Job den Rücken gekehrt, habe meine Lebensrichtung aufgegeben, nur weil du mitten in der Straße vor mir aufgetaucht bist."

Sein nächster Schlag fiel ein wenig heftiger aus und ich keuchte. Vielleicht hatte er das getan, weil ihn der Gedanke daran, dass ich fast überfahren worden war, wütend machte. Ich senkte meinen Kopf auf die weiche Decke und atmete die Schläge weg.

„Wenn ich sage, dass du Macht über mich hast, meine ich damit, dass ich dir mein Leben, alles, was ich bin, gegeben habe."

Er schwieg für eine Minute, während er mit seinem Angriff fortfuhr, nicht nur auf meinen mittlerweile brennenden Hintern, sondern auch auf meine Seele. Er liebte mich. Ich machte ihn ganz. Ich hatte sein langweiliges Leben zu etwas Anderem verändert. Ich war ein Teil von ihm, genauso wie er ein Teil von mir war. Da begann ich zu weinen, überwältigt von allem.

„Ah, Süße", sagte er, seine Stimme traurig, während er mir weiterhin den Hintern versohlte. „Das ist es, wein dich schön aus."

Die Schläge veränderten sich von schnell und scharf, um meine Aufmerksamkeit zu wecken, dahingehend, dass sie meinen Fokus auf etwas anderes lenken wollten. Ich unterwarf mich *seiner* Kontrolle. Das war seine Art, mich runterzuholen und mich dazu zu bringen, nachzudenken, zuzuhören, ihn zu *hören*. Nicht nur seine Worte, sondern seine Kontrolle, seine Macht über mich. Ich hatte dagegen angekämpft. Ich hatte ihn jeden Schritt des Weges bekämpft. Ich hatte nicht in Butte auf ihn gewartet, wie ich es hätte tun sollen. Ich war losgezogen, ohne richtig über die Konsequenzen nachzudenken, als ich in die Bank und zu den Gefahren, von denen ich wusste, dass sie mich erwarteten, gegangen war. Ich hatte mich und Jack, aber auch unser Baby in Gefahr gebracht. Ich hatte es mit Morgan aufgenommen, ich hatte gekämpft und geschimpft und gestritten und war einfach nur kratzbürstig gewesen.

„Es tut mir leid", sagte ich mit tränenschwerer Stimme. „Jack, oh, ich liebe dich. Es tut mir so leid!"

Seine Hand ruhte auf meinem Po, streichelte über mein wundes Fleisch. „Es tut dir leid, dass du mich liebst?", bohrte er nach.

Ich schüttelte meinen Kopf an der Matratze. „Nein, dass ich dir nicht meine Macht übertragen habe. Ich verstehe es jetzt. Du wusstest es von Anfang an. Ich wusste es auch, aber ich habe dagegen angekämpft. Ich war so lange Herrin über mich selbst, dass ich nicht wusste, wie ich loslassen kann. Ich wollte zwar die Deine sein...ich *war* die Deine, aber ich war nicht gewillt, dir alles zu geben. Ich hatte Angst, dass du es mit dir fortnehmen würdest."

Es fiel mir schwer, die Worte auszusprechen, aber als sie einmal draußen waren, als Jack sie gehört hatte, war es, als wäre eine Wunde verheilt.

„Ich bin nicht dein Vater", sagte er, während seine Hand

weiterhin über meine heiße Haut streichelte, als er sich auf die Bettkante setzte.

Ich schniefte und lachte. „Dessen bin ich mir nur allzu bewusst." Er musterte mich so aufmerksam, so behutsam.

„Ich will, dass du die Kontrolle hast", gestand ich.

Er hob eine Braue. „Wirklich?"

„Ja."

„Du wirst nicht mehr allein durchs Territorium wandern?"

Ich schüttelte den Kopf.

„Du wirst nicht mit Pistolen schwingenden Gesetzesbrechern mitgehen?"

Ich verdrehte die Augen. „Nur mit dir, Eli Pike."

Da grinste er.

„Du besitzt alles von mir."

Seine Hand setzte sich wieder in Bewegung, seine Augen huschten zu meinem gereckten Po. „Nicht alles von dir", murmelte er. Aus dieser Position konnte ich sehen, wie Jacks Schwanz zuckte. Es hatte ihm gefallen, mir den Hintern zu versohlen. Obwohl er bereits gekommen war, bezweifelte ich, dass seine Erregung auch nur das kleinste bisschen nachgelassen hatte.

Seine Finger glitten über meine Pussy, fanden mich schlüpfrig und feucht vor. Allerdings ließ mich nicht diese Berührung aufschreien, sondern der Druck seines Daumens an meinem Hintereingang.

„Jack!", kreischte ich.

„Ich habe dich hier noch nicht genommen", murmelte er. Ich erstarrte an Ort und Stelle, während er weiterhin mit seinem Daumen dort über mich streichelte, federleicht. Diese Empfindung zusammen mit dem sanften Gleiten seiner Finger über meine Pussy, dann sein Eindringen, brachten mich zum Schreien.

„Nicht heute, Süße, aber bald. Ich werde dir lediglich zeigen, wie sehr es dir gefallen wird, verrucht zu sein."

Mit seinem Unterarm, der nach wie vor um mich geschlungen war, hob er mich hoch und legte mich auf meinen Rücken, meinen Kopf auf die Kissen. Er ließ sich neben mir nieder und küsste mich, tief und lang. Ich spürte jeden langen, harten Zentimeter seines Körpers, der von seinen Füßen bis zu seinen Schultern an mich gedrückt war. Sein Schwanz war hart und stupste gegen meinen Schenkel, während er eines seiner Beine zwischen meine schob.

Als er seinen Kopf hob, schnappten wir beide nach Luft und ich legte meine Hand auf seine Brust. Er bedeckte sie mit seiner und führte unsere verschränkten Finger zu seinem Mund, küsste den Ring.

„Du bist mein, Süße. Ganz mein."

„Zeig es mir, Jack. Zeig es mir."

Er schob meine Schenkel weit auseinander, ließ sich zwischen ihnen nieder und tat genau das.

Wenn du noch nie ein paar von Vanessa Vale Cowboys kennen gelernt hast, hast du jetzt die Chance dazu! Willkommen auf der Steele Ranch, wo die Männer heiß sind und wissen, was sie wollen.

Für Cord Connolly und Riley Townsend ist das die sündhaft süße Kady Parks.

Die Lehrerin aus Philadelphia findet heraus, dass sie – zusammen mit Halbschwestern, von deren Existenz sie nicht einmal wusste – die Erbin des Steele Vermögens, einschließlich einer echten Rinderranch, ist. Anstatt ihre

Sommerferien zu Hause zu verbringen, ist sie in Barlow, Montana. Und der Westen ist so wild, wie sie ihn sich vorgestellt hat, da zwei heiße Cowboys beschlossen haben, dass sie zu ihnen gehört. Und Kady? Sie ist bereit ihnen die Sporen zu geben und sich festzuhalten.

Lies jetzt Spurred - die Sporen geben!

Sehen Sie die Liste aller Vanessa Vale Bücher auf Deutsch. Klick hier.

HOLEN SIE SICH IHR KOSTENLOSES BUCH!

Tragen Sie sich in meine E-Mail Liste ein, um als erstes von Neuerscheinungen, kostenlosen Büchern, Sonderpreisen und anderen Zugaben zu erfahren.

kostenlosecowboyromantik.com

ÜBER DIE AUTORIN

Vanessa Vale ist eine USA Today Bestseller Autorin von über 40 Büchern. Dazu zählen sexy Liebesromane, einschließlich ihrer bekannten historischen Liebesserie Bridgewater, und heißen zeitgenössischen Romanzen, bei denen dreiste Bad Boys, die sich nicht nur verlieben, sondern Hals über Kopf für jemanden fallen, die Hauptrollen spielen. Wenn sie nicht schreibt, genießt Vanessa den Wahnsinn zwei Jungs großzuziehen, findet heraus wie viele Mahlzeiten man mit einem Schnellkochtopf zubereiten kann und unterrichtet einen ziemlich guten Karatekurs. Auch wenn sie nicht so bewandert in Social Media ist wie ihre Kinder, so liebt sie es dennoch, mit ihren Lesern zu interagieren.

www.vanessavaleauthor.com

HOLE DIR JETZT DEUTSCHE BÜCHER VON VANESSA VALE!

Du kannst sie bei folgenden Händlern kaufen:

Amazon.de
Apple
Weltbild
Thalia
Bücher
eBook.de
Hugendubel
Mayersche

www.ingramcontent.com/pod-product-compliance
Lightning Source LLC
LaVergne TN
LVHW011833060526
838200LV00053B/4007